中国现代文学大师精品集

# 夏丏尊精品集

本书编写组 ◎ 编

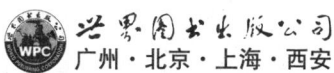

广州·北京·上海·西安

图书在版编目（CIP）数据

夏丏尊精品集 /《中国现代文学大师精品集》编委会编著 . —广州：广东世界图书出版公司，2009.12（2024.2重印）

（中国现代文学大师精品集）

ISBN 978 - 7 - 5100 - 1456 - 7

Ⅰ . ①夏… Ⅱ . ①中… Ⅲ . ①文学 - 作品综合集 - 中国 - 现代 Ⅳ . ①I216.2

中国版本图书馆 CIP 数据核字（2009）第 216960 号

| | |
|---|---|
| 书　　名 | 夏丏尊精品集<br>XIAMIANZUN JINGPINJI |
| 编　　者 | 《中国现代文学大师精品集》编委会 |
| 责任编辑 | 陶　莎　张梦婕 |
| 装帧设计 | 三棵树设计工作组 |
| 出版发行 | 世界图书出版有限公司　世界图书出版广东有限公司 |
| 地　　址 | 广州市海珠区新港西路大江冲 25 号 |
| 邮　　编 | 510300 |
| 电　　话 | 020-84452179 |
| 网　　址 | http://www.gdst.com.cn |
| 邮　　箱 | wpc_gdst@163.com |
| 经　　销 | 新华书店 |
| 印　　刷 | 唐山富达印务有限公司 |
| 开　　本 | 787mm×1092mm　1/16 |
| 印　　张 | 13 |
| 字　　数 | 120 千字 |
| 版　　次 | 2009 年 12 月第 1 版　2024 年 2 月第 11 次印刷 |
| 国际书号 | ISBN　978-7-5100-1456-7 |
| 定　　价 | 59.80 元 |

版权所有　翻印必究

（如有印装错误，请与出版社联系）

中国现代文学大师精品集丛书

# 作者小传

夏丏尊（1886-1946），文学家，语文学家。名铸，字勉旃，后（1912年）改字丏尊，号闷庵。浙江上虞人。1886年6月15日出生。夏丏尊自幼从塾师读经书，1901年考中秀才，次年到上海中西书院（东吴大学的前身）读书，后改入绍兴府学堂学习，都因为家贫未能读到毕业。1905年他借款东渡日本留学，先在东京弘文学院补习日语，毕业前考进东京高等工业学校，但因申请不到官费，于1907年辍学回国。

1908年，夏丏尊任杭州浙江省两级师范学堂通译助教，后任国文教员。在语文教学上，他提倡白话文，是中国最早提倡语文教学革新的人。1919年他与陈望道、刘大白、李次九等3人积极支持五四新文化运动，推行革新语文教育，被称为第一师范的"四大金刚"，受到反动当局和守旧派的攻击，相继离校。

夏丏尊离开杭州后到长沙，在湖南第一师范任国文教员。1921年原浙江省立第一师范学校校长经亨颐在家乡上虞创办春晖中学，夏应邀受聘返乡。同年他加入文学研究会，是文学研究会的第一批会员。其间，他翻译了《爱的教育》。1924年底，在发生了一场反对反动势力的学潮后，夏丏尊、匡互生、丰子恺、朱光潜等教师以及一批学生愤然离开春晖中学。

1925年，夏丏尊到上海，参与了立达中学（后改为立达学园）、立达学

会及该会杂志《立达季刊》、《一般》月刊的创办工作，同时兼开明书店的编辑工作。其间，他翻译了日本山田花袋的《绵被》，是中国最早介绍日本文学的翻译家之一。1927年他任上海暨南大学中国文学系主任，1929年任开明书店编辑所所长，1930年创办《中学生》杂志。夏丏尊长期从事语文教育和编辑工作，积累了丰富的经验。1933年他和叶圣陶共同写成语言知识的读写故事《文心》，连载于《中学生》，次年由开明书店出版。该书被誉为"在国文教学上划了一个时代"。他还出版了《文艺讲座》、散文集《平屋杂文》等书，1936年被推为中国文艺家协会主席。

1939年他创办《月报》杂志，任社长，并担任上海文化界救亡协会机关报《救亡日报》编委。1937年抗战爆发，立达学园、开明书店皆毁于炮火，被迫内迁。夏丏尊因体弱多病留守上海，参加抗日后援会。他坚守气节，矢志不为日本人做事。1943年12月他被日本宪兵拘捕，后经日本友人内山完造营救出狱，但肺病复发，精神和身体都受到严重摧残。1946年4月23日，他在上海病逝，墓葬上虞白马湖畔。

夏丏尊是中国新文学运动的先驱，他的学术著作还有《文艺论ABC》、《生活与文学》、《现代世界文学大纲》及编著有《芥川龙之介集》、《国文百八课》、《开明国文讲义》等；译著有《社会主义与进化论》、《蒲团》、《国木田独步集》、《近代的恋爱观》、《近代日本小说》等。

中国现代文学大师精品集丛书

# 目 录

### 自 叙

怯弱者 3
长 闲 11
猫 16
命相家 22
钢铁假山 25
整理好了的箱子 27
流 弹 29
黄包车礼赞 38
做了父亲 41
我的中学生时代 44
光复杂忆 49
紧张气氛的回忆 51
我之于书 53
白马湖之冬 55
两个家 57
试 炼 60
寄 意 62

夏丏尊精品集

## 序跋与评论

《晚晴山房书简》序　65
读《清明前后》　66

## 怀人集

白　采　73
对了米莱的《晚钟》　75
读诗偶感　80
坪内逍遥　83
一个夏天的故事　86
鲁迅翁杂忆　88
弘一法师之出家　91

## 爱的教育

教育的背景　97
春晖的使命　101
近事杂感　103
彻　底　105
致文学青年　107
受教育与受教材　110
关于职业　114
怎样对付教训　118
一个从四川来的青年　124
"自学"和"自己教育"　127

## 读书与瞑想

学斋随想录　135
一九一九年的回顾　136
并存和折中　138

汉字所表现的女性的地位　　141
中国的实用主义　　144
读书与瞑想　　148
学说思想与阶级　　151
闻歌有感　　155
文艺随笔　　160
知识阶级的运命　　163
"中"与"无"　　171
谈　吃　　175
其实何曾突然　　178
人所能忍受的温度　　179
新年的梦想　　182
文学的力量　　183
蟋蟀之话　　186
灶君与财神　　190
春的欢悦与感伤　　193
一个追忆　　195
一种默契　　197
幽默的叫卖声　　199

# 自叙

# 怯弱者

## 一

阴历七月中旬,暑假快将过完。他因在家乡住厌了,就利用了所剩无几的闲暇,来到上海。照例耽搁在他四弟行里。

"老五昨天又来过了,向我要钱,我给了他十五块钱。据说前一会浦东纱厂为了五卅事件,久不上工,他在领总工会的维持费呢。唉,可怜!"兄弟晤面了没有多少时候,老四就报告幼弟老五的近况给他听。

"哦!"他淡然地说。

"你总只是说'哦',我真受累极了。钱还是小事,看了他那样儿,真是不忍。鸦片恐还在吸吧,你看,靠了苏州人做女工,哪里养得活他。"

"但是有什么法子罗!"他仍淡然。

自从老五在杭州讨了所谓苏州人,把典铺的生意失去了以后,虽同住在杭州,他对于老五就一反了从前劝勉慰藉的态度,渐渐地敬而远之起来。老五常到他家里来,诉说失业后的贫困和妻妾间的风波,他除了于手头有钱时接济些以外,一概不甚过问。老五有时说家里有菜,来招他吃饭,他也托故谢绝。他当时所怕的,是和那所谓苏州人的女人见面。

"见了怎样称呼呢?她原是拱宸桥货,也许会老了脸皮叫我三哥吧。我

叫她什么？不尴不尬的！"这是他心里老抱着的顾虑。

有一天，他从学校回到家里，妻说：

"今天五弟领了苏州人来过了，说来见见我们的，才回去哩。"

他想，幸而迟了些回来，否则糟了。但仍不免为好奇心所驱：

"是什么样一个人？漂亮吗？"

"也不见得比五娘长得好。瘦长的身材，脸色黄黄的，穿的也不十分讲究。据说五弟当时做给她的衣服有许多已经在典铺里了。五弟也憔悴得可怜，和在典铺里时比起来，竟似两个人。何苦啊，真是前世事！"

老五的状况，愈弄愈坏。他每次听到关于老五的音信，就想象到自己手足沉沦的悲惨。可是却无勇气去直视这沉沦的光景。自从他因职务上的变更迁居乡间，老五曾为年过不去，奔到乡间来向他告贷一次，以后就无来往，唯从他老四那里听到老五的消息而已。有时到上海，听到老五已把正妻逼回母家，带了苏州人到上海来了。有时到上海，听到老五由老四荐至某店，亏空了许多钱，老四吃了多少的赔账。有时到上海，听到老五梅毒复发了，卧在床上不能行动。后来又听到苏州人入浦东某纱厂做女工了，老五就住在浦东的贫民窟里。

当老四每次把老五的消息说给他听时，他的回答，只是一个"哦"字。实际，在他，除了回答说"哦"以外，什么都不能说了。

"不知老五究竟苦到怎样地步了。既到了上海，就去望他一次吧。"有时他也曾这样想。可是同时又想到：

"去也没用，梅毒已到了第三期了，鸦片仍在吸，住在贫民窟里，这光景见了何等难堪。况且还有那个苏州人……横竖是无法救的了，还是有钱时送给他些吧。他所要的是钱，其实单靠钱也救他不了……"

自从有一次在老四行里偶然碰见老五，彼此说了些无关轻重的话就别开以后，他已有二年多不见老五了。

## 二

到上海的第二天，他才和朋友在馆子里吃了中饭回到行里去，见老四皱了眉头和一个工人模样的人在谈话。

"老三,说老五染了时疫,昨天晚上起到今天早晨泻了好几十次,指上的螺纹也已瘪了。这是老五的邻居,特地从浦东赶来通报的。"他才除了草帽,就从老四口里听到这样的话。

"哦,"他一壁回答,一壁脱下长衫到里间去挂。

"那么,你先回去,我们就派人来。"他在里间听见老四送浦东来人出去。

立时,行中伙友们都失了常态似地说东话西起来了。

"前天还好好地到此地来过的。"张先生说。

"这时候正危险,一不小心……"在打算盘的王先生从旁加入。

老四一进到里间,就神情凄楚地说:

"说是昨天到上海来,买了二块钱的鸦片去。——大概就是我给他的钱吧!——因肚子饿了,在小面馆里吃了一碗面,回去还自己煎鸦片的。到夜饭后就发起病来。照来人说的情形,性命恐怕难保的了。事已如此,非有人去不可。我也未曾去过,有地址在此,总问得到的。你也同去吧。"

"我不去!"

"你怕传染吗?自己的兄弟呢。"老四瞠目说。

"传染倒不怕,我在家里的时候,请医生打过预防针了。实在怕见那种凄惨的光景。我看最要紧的还是派个人去,把他送入病院吧。"

"但是,总非得有人去不可。你不去,只好我一个人去。——一个人去也有些胆小,还是叫吉和叔同去吧。他是能干的,有要紧的时候可以帮帮。"老四一壁说一壁急摇电话。

果然,吉和叔一接电话就来,老四立刻带了些钱着了长衫同去了。他只是懒懒地靠在沙发上目送他们出门。行中伙友都向他凝视,那许多惊讶的眼光,似乎都在说他不近人情。

他自己也觉得有些不近人情,自恨自己怯弱,没有直视苦难的能力,却又具有着对于苦难的敏感。身子虽在沙发上,心已似飞到浦东,一味作着悲哀的想象:

"老五此刻想来泻得乏力了,眼睛大约已凹进了,据说霍乱症一泻肉就瘦落的。——不,或者已气绝了。……"

他努力要把这种想象压住,同时却又引起了联想,纷然地回忆起许多

往事来：记到儿时兄弟在老屋檐前怎样玩耍，母亲在日怎样爱恋老五，老五幼时怎样吃着嘴讲话讨人欢喜，结婚后怎样不平，怎样开始放荡，自己当时怎样劝导，第一次发梅毒时，自己怎样得知了跑到拱宸桥去望他，怎样想法替他担任筹偿旧债。又记到自己幼时逢大雷雨躲入床内，得知家里要杀鸡就立即逃避，看戏时遇到《翠屏山杀嫂》等戏要当场出彩，预先俯下头去，以及妻每次生产时不敢走入产房，只在别室中闷闷地听着妻的呻吟声默祷她安全的光景。又记得二十五岁那年母亲在自己手腕上气绝时自己的难忍，五岁爱儿患了肺炎将断气时虽嘶了声叫"爸爸来，爸爸来"，自己不敢走近去抱他，终于让他死在妻怀里的情形。

种种的想象与回忆，使他不能安坐在沙发上。他悄然地披上长衣，拿了草帽无目的地向外走去。见了路上的车水马龙，愈觉着寂寥。夕阳红红地射在夏布长衫上，可是在他却时觉有些寒噤。他荡了不少的马路，终于走入一家酒肆，拣了一个僻静的位子坐下。

电灯早亮了，他还是坐着，约莫到了八点多钟，才懒懒地起身。他怕到了老四行里，得知恶消息，但不得消息又不放心。大了胆到了行里，见老四和吉和叔还未回行，又忐忑不安起来：

"这许多时候不回来，怕是老五已经死了。也许是生死未定，他们为了救治，所以离不开身。"这样自己猜忖。

老四等从浦东回来已在九点钟以后。

"你好！这样写意地躺在沙发上，我们一直到此刻才算'眼不见为净'，连夜饭都还未下肚呢！"吉和叔一进来就含笑带怒地说。

他一听了吉和叔的责言，几乎要辩解说："我在这里恐怕比你们更难过些。"可是终于咽住。因为从吉和叔的言语和神情，推测到老五还活着，紧张的心绪也就宽缓了些。

"病得怎样？不要紧吗？"他禁不住一见老四就问。

"泻是还在泻，神志尚清，替他请了个医生来打过盐水针，所以一直弄到此刻。据医生说温度已有些减低，救治欠早，约定明晨再替他诊视一次，但愿今夜不再泻，就不要紧。——我们要回来，苏州人向着我们哀哭，商量后事，说她曾割过股了，万一老五不好，还要替他守节。却不料妓女中竟有这样的人。——老五自己说恐怕今夜难过，要我们陪他。但是地方真

不像个样子,只是小小的一间楼上,便桶风炉就在床边,一进房便是臭气。我实在要留也不能留在那里,只好硬了心肠回来。"

吉和叔说恐受有秽气,吃饭时特叫买高粱酒,一壁饮酒一壁杂谈方才到浦东去的情形:说什么左右邻居一见有着长衫的人去,就大惊小怪地围拢来,医生打盐水针时,满房站满了赤膊的男人和抱小孩的女人,尽回复也不肯散,以及小弄堂内苍蝇怎样多,想到自己祖父名下的人落魄到住这种场所,心里怎样难过。他只是托了头坐在旁边听着。等到饭毕,吉和叔回去了,他还是茫然地坐在原处不动。

"我预备叫车夫阿兔到浦东去,今夜就叫他陪在那里,有要紧即来报告。再向朋友那里挑些大土膏子带去。今夜大约是不要紧的,且到明天再说吧。"老四一壁说,一壁就写条子问朋友借鸦片,按电铃叫车夫阿兔。

"死了怎样呢?"他情不自禁地自己唧咕着说。

"死了也没有法子,给他备衣棺,给他安葬,横竖只要钱就是了。世间有你这样的人!还说是读书的!遇事既要躲避,又放不下,老是这样粘缠!"

老四说时笑了起来。他也不觉为之破颜,自笑自己真太呆蠢,记起母亲病危时妻的话来:

"你这样夜不合眼,饭也不吃,自割自吊地烦恼,倒反使病人难过,连我们也被你弄得心乱了。你看四弟呵,他服伺病人,延医,买药,病人床前有人时,就偷空去睡,起来又做事,何尝像你的空忙乱!"

老四回寓以后,他也就睡,因为睡不着,重起来把电灯熄了。电灯一熄,月光从窗间透入。记起今夜是阴历七月十五的鬼节,不禁有些毛骨悚然,似乎四周充满了鬼气似的。

## 三

天一亮,车夫阿兔回来,说泻仍未止,病势已笃,病人昨天知道老三在上海,夜间好几次地说要叫老三去见见。

他张开了红红的眼,在床上坐起身来听毕车夫阿兔的报告。

"哦!知道了!"

他胡乱地把面洗了，独自坐在沙发上，拿了一张旧报纸茫然地看着，心里不绝地回旋：

"这真是兄弟最后的一会了……但正唯其是兄弟，正唯其是最后一会，所以不忍。别说他在浦东贫民窟里，别说还有那个所谓苏州人，就是他清清爽爽地在自己老家里，到这时我也要逃开的……可惜昨天没有去。昨天去了，不是也过去了吗？昨天不去，今天更不忍去了。……不过，不去又究竟于心不安。……"

这样的自己主张和自己打消，使他苦闷得坐不住，立起身来在客堂圆桌周围只管绕行！一直到行中伙友有人起来为止。

九时，老四到行，从车夫阿兔口中问得浦东消息，即向他说：

"那么，你就去一趟吧。叫阿兔陪你去好吗？"

"我不去！"他断然地说。

兄弟二人默然相对移时。浦东又有人来急报病人已于八时左右气绝了。

"终于不救！"老四闻报叹息说。

"唉！"他只是叹息。同时因了事件的解决，紧张的心情反觉为之一宽。

行中伙友又失起常度来了，大家聚拢来问讯，互相谈论。

"季方先生人是最好的，不过讨了个小，景况又不大好。这样死了，真是太委屈了！"一个说。

"他真是一个老实人，因为太忠厚了，所以到处都吃亏。"一个说。

"默之先生，早知道如此，你昨天应该去会一会的。"张先生向着他说。

"去也无用，徒然难过。其实，像我们老五这种人，除了死已没路了的。死了倒是他的福。"他故意说得坚强。

老四打发了浦东来报信的人回去，又打电话叫了吉和叔来，商量买棺木衣衾，及殓后送柩到斜桥绍兴会馆去的事。他只是坐在旁听着。

"棺材约五六十元，衣衾约五六十元，其他开销约二三十元，将来还要运送回去安葬。……"老四拨着算盘子向着他说。

"我虽穷，将来也愿凑些。钱的事情究竟还不算十分难。"

吉和叔和老四急忙出去，他也披起长衣，就怅怅无所之地走出了行门。

## 四

当夜送殓,次晨送殡,他都未到。他携了香烛悄然地到斜桥绍兴会馆,是在殡后第二日下午,他要动身回里的前几点钟。

一下电车,沿途就见到好几次丧事行列,有的有些排场,有的只是前面扛着一口棺材,后面东洋车上坐着几个着丧服的妇女或小孩。

"不过一顿饭的工夫,见到好几十口棺材了。这几天天天如此,人真不值钱啊。"他因让路,顺便走入一家店铺买香烟,那店伙自己在唧咕着。

他听了不胜无常之感。走在烈日之中,汗虽直淋,而身上却觉得有些寒栗。因了这普遍的无常之感,对于自己兄弟的感伤反淡了许多,觉得死的不但是自己的兄弟。

进了会馆门,见各厅堂中都有身着素服的男女休息着,有的泪痕才干,眼睛还红肿,有的尚在啜泣。他从管会馆的司事那里问清了老五的殡所号数,叫茶房领到柩厂中去。

穿过圆洞门,就是一弄一弄的柩厂。厂中阴惨惨地不大有阳光,上下重叠地满排着灵柩,远望去有黑色的,有赭色的,有和头上有金花样的,两旁分排,中间只有一人可走的小路。他一见这光景,害怕得几乎要逃出,勉强大着胆前进。

"在这弄里左边下排着末第三号就是。和头上都钉得有木牌的,你自去认吧。"茶房指着弄口,说了就走了。

他才踏进弄,即吓得把脚缩了出来。继而念及今天来的目的,于是重新屏住了鼻息目不旁瞬地进去。及将至末尾,才去注意和头上的木牌。果然找着了。棺口湿湿的似新封未干,牌上写着的姓名籍贯年龄,确是老五。

"老五!"他不禁在心里默呼了一声,鞠下躬去,不禁泫然落下泪来,满想对棺祷诉,终于不敢久立,就飞步地跑了出来。到弄外呼吸了几口大气,又向弄内看了几看才走。

到了客堂里,茶房泡出茶来。他叫茶房把香烛点了,默默地看着香烛坐了一会。

"老五!对不住你!你是一向知道我的,现在应更知道我了。"这是他

离会馆时心内的话。

一出会馆门,他心里顿觉宽松了不少,似乎释了什么重负似的。坐在从斜桥到十六铺的电车上,他几乎睡去,原来他已疲劳极了。

上船不久,船就开驶。他于船初开时,每次总要出来望望的。平常总向上海方面看,这次独向浦东方面看。沿江连排红顶的码头栈房后背,这边那边地矗立着几十支大烟囱,黑烟在夕阳里败絮似地喷着。

"不知哪条烟囱是某纱厂的,不知哪条烟囱旁边的小房子是老五断气的地方。"他竖起了脚跟,伸了头颈注意一一地望。

船已驶到几乎看不到人烟的地方了,他还是靠在栏杆上向船后望着。

刊《小说月报》第十七卷第五号,1926年5月

# 长 闲

他午睡醒来，见才拿在手中的一本《陶集》，皱折了倒在枕畔。午饭时还阴沉的天，忽快晴了，窗外柳丝摇曳，也和方才转过了方向。新鲜的阳光把隔湖诸山的皱折照得非常清澈，望去好像移近了一些。新绿杂在旧绿中，带着些黄味。他无识地微吟着"此中有深意，欲辨已忘言"，揉着倦饧饧的眼，走到吃饭间。见桌上并列地丢着两个书包，知道两个女儿已从小学散学回来了。屋内寂静无声，妻的针线箩里，松松地闲放着快做成的小孩罩衣，针子带了线斜定在纽结上。壁上时钟正指着四点三十分。

他似乎一时想走入书斋去，终于不自禁地踱出廊下。见老女仆正在檐前揩抹预备腌菜的瓶坛，似才从河埠洗涤了来的。

"先生起来了，要脸水吗？"

"不要。"他躺在摆在檐头的藤椅上，燃起了卷烟。

"今天就这样过去吧，且等到晚上再说了。"他在心里这样自语。躺了吸着烟，看看墙外的山，门前的水，又看看墙内外的花木，悠然了一会。忽然立起身来，从檐柱上取下挂在那里的小锯子，携了一条板凳，急急地跑出墙门外去。

"又要去锯树了。先生回来以后，日日只是弄这些树木。"他听到女仆在背后这样带笑说。

方出大门，见妻和两个女孩都在屋前园圃里：妻在摘桑，两个女孩在

旁"这片大，这片大"地指着。

"阿吉，阿满，你们看，爸爸又要锯树了。"妻笑着说。

"这丫杈太大了，再锯去它。小孩别过来！"他踏上凳去，把锯子搁到方才看了不中意的那柳枝上。

小孩手臂样粗的树枝"拍"地一落下，不但本树的姿态为之一变，前后左右各树的气象及周围的气氛，在他看来也都一新。携了板凳回入庭心，把头这里那里地侧着看了玩味一会，觉得今天最得意的事就是这件了，于是仍去躺在檐头的藤椅上。

妻携了篮进来。

"爸爸，豌豆好吃了。"阿满跟在后面叫着说，手里捻着许多小柳枝。

"哪，这样大了。"妻揭起篮面的桑叶，篮底平平地叠着扁阔深绿的豆荚。

"啊，这样快！快去煮起来，停会好下酒。"他点着头。

黄昏近了，他独自缓饮着酒。桌上摆着一大篮的豌豆，阿吉阿满也伏在桌上抢着吃。妻从房中取出蚕笾来，把剪好的桑片铺撒在灰色蠕动的蚕上。两个女孩几乎要把头放入笾里去。妻擎起笾来逼近窗口去看，一手抑住她们的攀扯。

"就可三眠了。"妻说着，把蚕笾仍拿入房中去。

他一壁吃着豌豆，一壁望着蚕笾，在微醺中又猛触到景物变迁的迅速，和自己生活的颓唐来。

"唉！"不觉泄出叹声。

"什么了？"妻愕然地从房中出来问。

"没有什么。"

室中已渐昏黑，妻点起了灯，女仆搬出饭来。油炸笋，拌莴苣，炒鸡蛋，都是他近来所自名为山家清供而妻所经意烹调的。他眼看着窗外的暝色，一杯一杯地只管继续饮。等妻女都饭毕了，才放下酒杯，胡乱地吃了小半碗饭，含了牙签，踱出门外去，在湖边小立。等暗到什么都不见了，才回入门来。

吃饭间中灯光亮亮的，妻在继续缝衣服，女仆坐在对面用破布叠鞋底，一壁和妻谈着什么。阿吉在桌上布片的空隙处摊了《小朋友》看着，阿满

把她半个小身子伏在桌上,指着书中的猫或狗强要母亲看。一灯之下,情积融然。

他坐在壁隅的藤椅子上,燃起卷烟,只沉默了对着这融然的光景。昨日在屋后山上采来的红杜鹃,已在壁间花插上怒放,屋外时而送入低而疏的蛙声,一切都使他感觉到春的烂熟。他觉得自己的全身心已沉浸在这气氛中,陶醉得无法自拔了。

"为什么总是这样懒懒的!"他不觉这样自语。

"今夜还做文章吗?春天是熬不得夜的,为什么日里不做些!日里不是睡觉,就是荡来荡去,换字画,换花盆,弄得忙煞。夜里每夜弄到一二点钟。"妻举起头来停了针线说。

"夜里静些罗。"

"要做也不在乎静不静。白马湖真是最静也没有了,从前在杭州,比这里不知要嘈杂得多少,不是也要做吗?无论什么生活,要坐牢了才做得出。我这几天为了几条蚕,采叶呀,什么呀,人坐不牢,别的生活就做不出。阿满这件衣服,本来早就该做好了的,你看,到今天还未完工呢。"

妻的话,这时在他,真比什么"心能转境"等类的宗门警语还要痛切。觉得无可反对,只好逃避说:

"日里不做夜里做,不是一样的吗?"

"昨夜做了多少呢?我半夜醒来还听见你在天井里踱来踱去,口里念念着什么'明日自有明日'哩。"

"不是吗?我也听见的。"女仆羼入。

"昨夜月色实在太好了,在书房里坐不牢。等到后半夜上云了,人也倦了,一点都不曾做啊。"他不禁苦笑了。

"你看!那岂不是与灯油有仇?前个月才买来一箱火油,又快完了。去年你在教书的时候,一箱可点三个多月呢。——赵妈,不是吗?"妻说时向着女仆,似乎要叫她作证明。

"火油用完了,横竖先生会买回来的,怕什么?嗄,满姑娘!"女仆拍着阿满笑着说。

"洋油也是爸爸买来的,米也是爸爸买来的,阿吉的《小朋友》也是爸爸买来的,屋里的东西,都是爸爸买来的。"阿满把快要睡去的眼张开了说。

女仆的笑谈，阿满的天真烂漫的稚气，引起了他生活上的忧虑。妻不知为了什么，也默然了，只是俯了头动着针子。一时沉默支配着一室。

三个月来的经过，很迅速地在他心上舒展开了：三个月前，他弃了多年厌倦的教师生涯，决心凭了仅仅够支持半年的储蓄，回到白马湖家里来，把一向当作副业的笔墨工作改为正业，从文字上去开拓自己的新天地。"每月创作若干字，翻译若干字，余下来的工夫便去玩山看水。"当时的计划，不但自己得意，朋友都艳羡，妻也赞成。三个月来，书斋是打叠得很停当了，房子是装饰得很妥帖了，有可爱的盆栽，有安适的几案，日日想执笔，刻刻想执笔，终于无所成就。虽着手过若干短篇，自己也不满足，都是半途辍笔，或愤愤地撕碎了投入纸篓里。所有的时间都消磨在风景的留恋上。在他，朝日果然好看，夕阳也好看，新月是妩媚，满月是清澈，风来不禁倾耳到屋后的松籁，雨霁不禁放眼到墙外的山光，一切的一切，都把他牢牢地提住了。

想享受自然的乐趣，结果做了自然的奴隶，想做湖上诗人，结果做了湖上懒人。这也是他所当初万不料及，而近来深深地感到的苦闷。

"难道就这样过去吗？"他近来常常这样自讼，无论在小饮时，散步时，看山时。

壁间时钟打九时。

"咿呀！已九点钟了。时候过得真快！"妻拍醒伏在膝前睡熟的阿满，把工作收拾了，吩咐女仆和阿吉去睡。

他懒懒地从藤椅子上立起身来，走向书斋去。

"不做么，早睡罗！"妻从背后叮嘱。

"呃。"他回答，"今夜是一定要做些的了，难道就这样过去吗？从今夜起。"又暗自下了决心。

立时，他觉得全身就紧凑了起来，把自己从方才懒洋洋的气氛中拉出了，感到一种胜利的愉快。进了书斋门，急急地摸着火柴把洋灯点起，从抽屉里取出一篇近来每日想做而终于未完工的短篇稿来，吸着烟，执着自来水笔，沉思了一会，才添写了几行，就觉得笔滞，不禁放下笔来举目凝视到对面壁间的一幅画上去。那是朽道人十年前为他作的山水小景，画着一间小屋，屋前有梧桐几株，一个古装人儿在树下背负了手看月。题句是："明日事自有明日，且莫负此梧桐月色也。"他平日很爱这画，一星期前，

他因看月引起了情趣,才将这画寻出,把别的画换了,挂在这里的。他见了这画,自己就觉得离尘脱俗,作了画中人了。昨夜妻在睡梦中听到他念的,就是这画上的题句。

他吸着烟,向画幅悠然了一会,几乎又要踱出书斋去。因了方才的决心,总算勉强把这诱惑抑住。同时,猛忆到某友人"清风明月不用一钱买,但是也不能抵一钱用"的话,不觉对这素来心爱的画幅感到一种不快。

他立起身把这画幅除去。一时壁间空洞洞地,一室之内,顿失了布置上的均衡。

"东西是非挂些不可的,最好是挂些可以刺激我的东西。"

他这样自语,就自己所藏的书画中想来想去,忽然想到他的畏友弘一和尚的"勇猛精进"四字的小额来。

"好,这个好!挂在这里,大小也相配。"

他携了灯从画箱里费了许多工夫把这小额寻出,恐怕家里人惊醒,轻轻地钉在壁上。

"勇猛精进!"他坐下椅子去默念着看了一会,复取了一张空白稿子,大书"勤靡余劳心有常闲"八字,用图画钉钉在横幅之下。这是他在午睡前在《陶集》中看到的句子。

"是的,要勤靡余劳,才能心有常闲。我现在是身安逸而心忙乱啊!"他大彻大悟似地默想。

一切安顿完毕,提起笔来正想重把稿子续下,未曾写到一张,就听到外面时钟"丁"地敲一点。他不觉放下了笔,提起了两臂,张大了口,对着"勇猛精进"的小额和"勤靡余劳,心有常闲"八个字,打起呵欠来。

携了灯回到卧室去。才出书斋,见半庭都是淡黄的月色,花木的影映在墙上,轮廓分明地微微摇动着。他信步跨出庭间,方才画上的题句不觉又上了他的口头:

"明日事自有明日,且莫负此梧桐月色也!"

刊《一般》第一卷第一号,1926年9月

# 猫

白马湖新居落成,把家眷迁回故乡的后数日,妹就携了四岁的外甥女,由二十里外的夫家雇船来访。自从母亲死后,兄弟们各依了职业迁居外方,故居初则赁与别家,继则因兄弟间种种关系,不得不把先人有过辛苦历史的高大屋宇售让给附近的暴发户,于是兄弟们回故乡的机会就少,而妹也已有六七年无归宁的处所了。这次相见,彼此既快乐又酸辛。小孩之中竟有未曾见过姑母的,外甥女也当然不认得舅妗和表姐,虽经大人指导勉强称呼,总是呆呆地相觑着。

新居在一个学校附近,背山临水,地位清静,只不过平屋四间。论其构造,连老屋的厨房还比不上,妹却极口表示满意:

"虽比不上老屋,总究是自己的房子。我家在本地已有许多年没有房子了!自从老屋卖去以后,我多少被人瞧不起!每次乘船行过老屋的面前,真是……"

妻见妹说得眼圈有点红了,就忙用话岔开:

"妹妹你看,我老了许多了吧?你却总是这样后生。"

"三姐倒不老!——人总是要老的。大家小孩都已这样大了,他们大起来,就是我们在老起来。我们已六七年不见了呢。"

"快弄饭去吧!"我听了她们的对话,恐再牵入悲境,故意打断话头使

妻走开。

妹自幼从我学会了酒，能略饮几杯。兄妹且饮且谈，嫂也在旁羼着。话题由此及彼，一直谈到饭后还连续不断。每到妹和妻要谈到家事或婆媳小姑关系上去，我总立即设法打断。因为我是深知道妹在夫家的境遇的，很不愿在难得晤面的当初就引起悲怀。

忽然，天花板上起了嘈杂的鼠声。

"新造的房子，老鼠就这样多了吗？"妹惊讶地问。

"大概是近山的缘故吧。据说房子未造好就有了老鼠的。晚上更厉害，今夜你听，好像在打仗哩。你们那里怎样？"妻说。

"还好，我家有猫。——快要产小猫了，将来可捉一只来。"

"猫也大有好坏，坏的猫老鼠不捕，反要偷食，到处撒屎，还是不养好。"我正在寻觅轻松的话题，就顺了势讲到猫上去。

"猫也和人一样，有种子好不好的。我那里的猫是好种，不偷食，每朝把屎撒在盛灰的畚斗里。——你记得从前老四房里有一只好猫吧。我们那只猫就是从老四房里讨去的小猫。近来听说老四房里已断了种了，——每年生一胎，附近养蚕的人家都来千求万恳地讨，据说讨去的都不淘气。现在又快要生小猫了。"

老四房里的那只猫向来有名。最初的老猫是曾祖在时就有了的。不知是哪里得来的种子，白地小黄黑花斑，毛色很嫩，望去像上等的狐皮"金银嵌"。善捉鼠，性质却柔驯得了不得。我小时候常去抱来玩弄，听它念肚里佛，掰开它的眼睛来看，不啻是一个小伴侣。后来我由外面回家，每走到老四房去，有时还看见这小伴侣的子孙。也曾想讨一只小猫到家里去养，终难得逢到恰好有小猫的机会，自迁居他乡，十年来久不忆及了。不料现在种子未绝，妹家现在所养的，不知已是最初老猫的几世孙了。家道中落以来，田产室庐大半荡尽，而曾祖时代的猫尚间接地在妹家留着种子，这真是一种不可思议的缘，值得叫人无限感兴的了。

"哦！就是那只猫的种子！好的，将来就给我们一只。那只猫的种子是近地有名的，花纹还没有变吗？"

"你欢喜哪一种？——大约一胎多则三只，少则两只。其中大概有一只是金银嵌的，有一二只是白中带黑斑的，每年都是如此。"

"那自然要金银嵌的罗。"我脑中不禁浮出孩时小伴侣的印象来,更联想到那如云的往事,为之茫然。

妻和妹之间,猫的谈话仍继续着。儿女中大些的张了眼听,最小的阿满摇着妻的膝问:"小猫几时会来?"我也靠在藤椅子上吸着烟默然听她们。

"猫小的时候,要教它会才好。如果撒屎在地板上了,就捉到撒屎的地方,当着它的屎打,到碗中偷食吃的时候,就把碗摆在它的前面打。这样打了几次,它就不敢乱撒屎多偷食了。"

妹的猫教育论,引得大家都笑了。

次晨,妹说即须回去。约定过几天再来久留几日,临走的时候还说:

"昨晚上老鼠真吵得厉害,下次来时,替你们把猫捉来吧。"

妹去后,全家多了一个猫的话题。最性急的自然是小孩,她们常问"姑妈几时来",其实都是为猫而问。我虽每回回答她们:"自然会来的,性急什么?"而心里也对于那与我家一系有二十多年历史的猫,怀着迫切的期待,巴不得妹——猫快来。

妹的第二次来,在一个月以后,带来的只是赠送小孩的果物和若干种的花草苗种,并没有猫。说小猫前几天才出生,要一月后方可离母。此次生了三只,一只是金银嵌的,其余两只是黑白花和狸斑花的,讨的人家很多,已替我们把金银嵌的留定了。

猫的被送来已是妹第二次回去后半月光景的事。那时已过端午,我从学校回去,一进门,妻就和我说:

"妹妹今天差人把猫送来了,她有一封信在这里。说从回去以后就有些不适。大约是发寒热,不要紧的。"

我从妻手里接了信草草一看,同时就向室中四望:

"猫呢?"

"她们在弄它。阿吉,阿满,你们把猫抱来给爸爸看!"

立刻,听得柔弱的"尼亚尼亚"声,阿满从房中抱出猫来:

"会念佛的,一到就蹲在床下。妈说它是新娘子呢。"

我熟视着女儿手中的小猫说:

"还小呢,别去捉它,放在地上。过几天会熟的。当心碰见狗!"

阿满将猫放下。猫把背一耸就跟跄地向房里遁去。接着就从房内发出

柔弱的"尼亚尼亚"的叫声。

"去看看它躲在什么地方。"阿吉和阿满蹑了脚进房去。

"不要去捉它啊!"妻从后叮嘱她们。

猫确是金银嵌,虽然产毛未褪,黄白还未十分夺目,尽足依约地唤起从前老四房里小伴侣的印象。"尼亚尼亚"的叫声,和"咪咪"的呼唤声,在一家中起了新气氛。在我心中却成了一个联想过去的媒介,想到儿时的趣味,想到家况未中落时的光景。

与猫同来的,总以为不成问题的妹的病消息,一二日后竟由沉重而至于危笃,终于因恶性疟疾引起了流产,遗下未足月的女孩而弃去这世界了。

一家人参与丧事完毕从丧家回来,一进门就听到"尼亚尼亚"的猫声。

"这猫真不吉利,它是首先来报妹妹的死信的!"妻见了猫叹息着说。

猫正在檐前伸了小足爬搔着柱子,突然见我们来,就踉跄逃去。阿满赶到厨下把它捉来了,捧在手里:

"你还要逃,都是你不好!妈!快打!"

"畜生晓得什么?唉,真不吉利!"妻呆呆地望着猫这样说,忘记了自己的矛盾,倒弄得阿满把猫捧在手里瞪目茫然了。

"把它关在伙食间里。别放它出来!"我一壁说一壁懒懒地走入卧室去睡。我实在已怕看这猫了。

立时从伙食间里发出"尼亚尼亚"的悲鸣声和嘈杂的搔爬声来。努力想睡,总是睡不着。原想起来把猫重新放出,终于无心动弹,连向那就在房外的妻女叫一声"把猫放出"的心绪也没有,只让自己听着那连续的猫声,一味沉浸在悲哀里。

从此以后,这小小的猫在全家成了一个联想死者的媒介,特别是我。这猫所暗示的新的悲哀的创伤,是用了家道中落等类的怅惘包裹着的。

伤逝的悲怀随着暑气一天一天地淡去,猫也一天一天地长大。从前被全家所诅咒的这不幸的猫,这时候渐被全家宠爱珍惜起来了,当作了死者的纪念物。每餐给它吃鱼,归阿满饲它,晚上抱进房里,防恐被人偷了或是被野狗咬伤。

白玉也似的毛地上,错落的黄黑斑非常明显,蹲在草地上或跳掷在凤仙花丛里的时候,望去真是美丽。附近四邻或路过的人见了称赞说"好

猫"，这时候，妻脸上就现出一种莫可言说的矜夸，好像是养着一个好儿子或是好女儿。特别是阿满：

"这是我家的猫，是姑母送来的。姑母死了，只剩了这只猫了！"有人称赞猫的时候，她不管那人陌生与不陌生，总会睁圆了眼起劲地对他说明这些。

猫成了一家的宠儿了，每餐食桌旁总有它的位置。偶然偷了食或是乱撒了屎，虽然依妹的教育法是要就地罚打的，妻也总看妹面上宽恕过去。阿吉阿满一从学校里回来就用带子逗它玩，或是捉迷藏似地在庭间追赶它。我也常于初秋的夕阳中坐在檐下对了这跳掷着的小动物作种种的遐想。

那是快近中秋的一个晚上的事：湖上邻居的几位朋友，晚饭后散步到了我家里，大家在月下闲话，阿满和猫在草地上追逐着玩。客去后，我和妻搬进几椅正要关门就寝，妻照例记起猫来：

"咪咪！"

"咪咪！"阿吉阿满也跟着唤。

可是却不听到猫的"尼亚尼亚"的回答。

"没有呢！哪里去了？阿满，不是你捉出来的吗？去寻来！"妻着急起来了。

"刚刚在天井里的。"阿满瞠着眼含糊地回答，一壁哭了起来。

"还哭！都是你不好，夜了还捉出来做什么呢？——咪咪！咪咪！"妻一壁责骂阿满，一壁嗄了声再唤。

"咪咪！咪咪！"我也不禁附和着唤。

可是仍不听到猫的"尼亚尼亚"的回答。

叫小孩睡好了，重新找寻，室内室外，东邻西舍，分头到处寻遍，哪有猫的影儿？连方才谈天的几位朋友都过来帮着在月光下寻觅，也终于不见形影。一直闹到十二点多钟，月亮已照屋角为止。

"夜深了，把窗门暂时开着，等它自己回来吧！——偷是没有人偷的，或者被狗咬死了，但又不听见它叫。也许不至于此，今夜且让它去吧。"

我宽慰着妻，关了大门，先入卧室去。在枕上还听到妻的"咪咪"的呼声。

猫终于不回来。从次日起，一家好像失了什么似的，都觉得说不出的

寂寥。小孩放学回来也不如平日的高兴。特别在我,于妻女所感得的以外,顿然失却了沉思过去种种悲欢往事的媒介物,觉得寂寥更甚。

第三日傍晚,我因寂寥不过了,独自在屋后山边散步,忽然在山脚田坑中发见猫的尸体。全身粘着水泥,软软地倒在坑里,毛贴着肉,身躯细了好些,项有血迹,似确是被狗或野兽咬毙了的。

"猫在这里!"我不自觉叫着说。

"在哪里?"妻和女孩先后跑来,见了猫都呆呆地,几乎一时说不出话。

"可怜!一定是野狗咬死的。阿满,都是你不好!前晚你不捉它出来,哪里会死呢?下世去要成冤家啊!——唉!妹妹死了,连妹妹给我们的猫也死了。"妻说时声音呜咽了。

阿满哭了,阿吉也呆着不动。

"进去吧。死了也就算了,人都要死哩,别说猫!快叫人来把它葬了。"我催她们离开。

妻和女孩进去了。我向猫作了最后的一瞥,在黄昏中独自徘徊。日来已失了联想媒介的无数往事,都回光返照似地一时强烈地齐现到心上来。

刊《一般》第二号,1926年10月

# 命相家

我因事至南京,住在××饭店。二楼楼梯旁某号房间里,寓着一位命相家,房门是照例关着的。这位命相家叫什么名字,房门上挂着的那块玻璃框子的招牌上写着什么,我虽在出去回来的时候必须经过那门前,却未曾加以注意。

有一天傍晚,我从外边回来,刚走完楼梯,见有一个着洋服的青年方从命相家房中走出,房门半开,命相家立在门内点头相送,叫"再会!"

那声音很耳熟,急把脚立住了看那命相家,不料就是十年前的同事刘子岐。

"呀!子岐!"我不禁叫了出来。

"呀!久违了。你也住在这里吗?"他吃了一惊,把门开大了让我进去。我重新去看门口的招牌,见上面写着"青田刘知机星命谈相"等等的文字。

"哦!刘子岐一变而为刘知机。十年不见,不料得了道了,究竟是怎么一会事?"我急忙问。

"说来话长,要吃饭,没有法子。你仍在写东西吗?教师也好久不做了吧。真难得,会在这里碰到。不瞒你说,我吃这碗饭已有七八年了。自从那年和你一同离开××中学以后,飘泊了好几处地方,这里一学期,那里一学期,不得安定,也曾挂了斜皮带革过命,可是终于生活不过去。你知道,我原是一只三脚猫,以后就以卖卜混饭了。最初在上海挂牌,住了四五年,前年才到南京来。"

"在上海住过四五年，为什么我一向不曾碰到你？上海的朋友之中也没有人谈及呢？"我问。

"我改了名字，大家当然无从知道了。朋友们又是一向都不信命相的，我吃了这口江湖饭，也无颜去找他们。如果今天你不碰巧看到我，你会知道刘知机就是我吗？"

我有许多事情想问，不知从何说起。忽然门开了，进来的是两位顾客：一个是戴呢帽穿长袍的，一个是着中山装的，年纪都未满三十岁。刘子岐——刘知机丢开了我，满面春风地立起身来迎上前去，俨然是十足的江湖派。我不便再坐，就把房间号数告诉了他，约他畅谈，回到了自己的房间里。

十年前的中学教师，居然会卖卜？顾客居然不少，而且大都是青年知识阶级中人。感慨与疑问乱云似地在我胸中纷纷垒起。等了许久，刘知机老是不来，叫茶房去问，回说房中尚有好几个顾客，空了就来。

"对不起，一直到此刻才空。"刘知机来已是黄昏时候了。"难得碰面，大家出去叙叙。"

在秦淮河畔某酒家中觅了一个僻静的座位，大家把酒畅谈。

"生意似很不错呢。"我打动他说。

"呃，这几天是特别的。第一种原因，听说有几个部长要更动了，部长一更动，人员也当然有变动。你看，××饭店不是客人很挤吗？第二种原因，暑假快到了，各大学的毕业生都要谋出路，所以我们的生意特别好。"

"命相学当真可凭吗？"

"当然不能说一定可凭。不过在现今这样的社会上，命相之说，尚不能说全不足信。你想，一个机关中，当科长的，能力是否一定胜过科员？当次长的，能力是否一定不如部长？举个例说，我们从前的朋友之中，李××已成了主席了。王××学力人品，平心而论远过于他，革命的功绩也不比他差，可是至今还不过一个××部的秘书。还有，一班毕业生数十人之中，有的成绩并不出色，倒有出路，有的成绩很好，却无人过问。这种情形除了命相以外，该用什么方法去说明呢？有人说，现今吃饭全靠八行书。这在我们命相学上就叫'遇贵人'。又有人挖苦现在贵人们的亲亲相阿，说是生殖器的联系。这简直是穷通由于先天，证明'命'的的确确是有的了。"刘知机玩世不恭地说。

"这样说来,你们的职业实实在在有着社会的基础的,哈哈。"

"到了总理的考试制度真正实行了以后,命相也许不能再成为职业。至于现在,有需要,有供给,乃是堂堂皇皇的吃饭职业。命相家的身份决不比教师低下,我预备把这碗江湖饭吃下去哩。"

"你的营业项目有几种?"

"命,相,风水,合婚择日,什么都干。风水与合婚择日近来已不行了。风水的目的是想使福泽及于子孙,现今一般人的心理,顾自身顾目前都来不及,哪有余闲顾到几十年几百年后的事呢?至于合婚择日,生意也清,摩登青年男女间盛行恋爱同居,婚也不必'合',日也无须'择'了。只有命相两项,现在仍有生意。因为大家都在急迫地要求出路,等机会,出路与机会的条件不一定是资格与能力,实际全靠碰运气。任凭大家口口声声喊'打破迷信',到了无聊之极的时候,也会瞒了人花几块钱来请教我们。在上海,顾客大半是商人,他们所问的是财气。在南京,顾客大半是'同志'与学校毕业生,他们所问的是官运。老实说,都无非为了要吃饭。唯其大家要想吃饭,我们也就有饭可吃了。哈哈……"刘知机滔滔地说,酒已半醺了,自负之外又带感慨。

"你对于这些可怜的顾客,怎样对付他们?有什么有益的指导呢?"

"还不是靠些江湖上的老调来敷衍!我只是依照古书,书上怎么说就怎么说。准不准连我自己也不知道。好在顾客也并不打紧,他们的到我这里来,等于出钱去买香槟票,着了原高兴,不着也不至于跳河上吊的。我对他说'就快交运','向西北方走','将来官至部长',是给他一种希望。人没有希望,活着很是苦痛。现社会到处使人绝望,要找希望,恐怕只有到我们这里来。花一两块钱来买一个希望,虽然不一定准确可靠,究竟比没有希望好。在这一点上,我们命相家敢自任为救苦救难的希望之神。至少在像现在的中国社会可以这样说。"话愈说愈痛切,神情也愈激昂了。

他的话既诙谐又刺激,我听了只是和他相对苦笑,对了这别有怀抱的伤心人,不知再提出什么话题好。彼此都已有八九分醉意了。

刊《文学》第一卷第一号,1933 年 7 月

# 钢铁假山

案头有一座钢铁的假山,得之不费一钱,可是在我室内的器物里面,要算是最有重要意味的东西。

它的成为假山,原由于我的利用,本身只是一块粗糙的钢铁片,非但不是什么"吉金乐石",说出来一定会叫人发指,是一二八之役日人所掷的炸弹的裂块。

这已是三年前的事了。日军才退出,我到江湾立达学园去视察被害的实况,在满目凄怆的环境中徘徊了几小时,归途拾得这片钢铁回来。这种钢铁片,据说就是炸弹的裂块,有大有小,那时在立达学园附近触目皆是。我所拾的只是小小的一块,阔约六寸,高约三寸,厚约二寸,重约一斤。一面还大体保存着圆筒式的弧形,从弧线的圆度推测,原来的直径应有一尺光景,不知是多少磅重的炸弹了。另一面是破裂面,巉削凹凸,有些部分像峭壁,有些部分像危岩,锋棱锐利得同刀口一样。

江湾一带曾因战事炸毁过许多房子,炸杀过许多人。仅就立达学园一处说,校舍被毁的过半数。那次我去时,瓦砾场上还见到未被收殓的死尸。这小小的一块炸弹裂片,当然参与过残暴的工作,和刽子手所用的刀一样,有着血腥气的。论到证据的性质,这确是"铁证"了。

我把这铁证放在案头上作种种的联想,因为锋棱又锐利摆不平稳,每

一转动，桌上就起磨损的痕迹。最初就想配了架子当作假山来摆。继而觉得把惨痛的历史的证物变装为古董性的东西，是不应该的。古代传下来的古董品中，有许多原是历史的遗迹，可是一经穿上了古董的衣服就减少了历史的刺激性，只当作古董品被人玩耍了。

这块粗糙的钢铁不久就被我从案头收起，藏在别处，忆起时才取出来看。新近搬家整理物件时被家人弃置在杂屑篓里，找寻了许久才发见。为永久保藏起见，颇费过些思量。摆在案头吧，不平稳，而且要擦伤桌面。藏在衣箱里吧，防铁锈沾惹坏衣服，并且拿取也不便。想来想去，还是去配了架子当作假山来摆在案头好。于是就托人到城隍庙一带红木铺去配架子。

现在，这块钢铁片已安放在小小的红木架上，当作假山摆在我的案头了。时间经过三年之久，全体盖满了黄褐色的铁锈，凹入处锈得更浓。碎裂的整块的，像沈石田的峭壁，细杂的一部分像黄子久的皴法，峰冈起伏的轮廓有些像倪云林。客人初见到这座假山，都称赞它有画意，问我从什么地方获得。家里的人对它也重视起来，不会再投入杂屑篓里去了。

这块钢铁片现在总算已得到了一个处置和保存的方法了，可是同时却不幸地着上了一件古董的衣裳。为减少古董性显出历史性起见，我想写些文字上去，使它在人的眼中不仅是富有画意的假山。

写些什么文字呢？诗歌或铭吗？我不愿在这严重的史迹上弄轻薄的文字游戏，宁愿老老实实地写几句记实的话。用什么来写呢？墨色在铁上是显不出的，照理该用血来写，必不得已，就用血色的朱漆吧。今天已是二十四年的一月十日了，再过十八日，就是今年的"一二八"。我打算在"一二八"那天来写。

刊《中学生》第五十二号，1935年2月

中国现代文学大师精品集丛书

# 整理好了的箱子

　　他傍晚从办事的地方回家,见马路上逃难的情形较前几日更厉害了。满载着铺盖箱子的黄包车、汽车、搬场车,衔头接尾地齐向租界方面跑。人行道上一群一群地立着看的人,有的在交头接耳谈着什么,神情慌张得很。

　　他自己的里门口,也有许多人在忙乱地进出,里里面还停放着好几辆搬场车子。

　　她已在房内整理好了箱子。

　　"看来非搬不可了,里里的人家差不多快要搬空。本来留剩的已没几家,今天上午搬的有十三号、十六号,下午搬的有三号、十九号,方才又有两部车子开进里面来,不知道又是哪几家要搬。你看我们怎样?"

　　"搬到哪里去呢?听说黄包车要一块钱一部,汽车要隔夜预定,旅馆又家家客满。倒不如依我的话,听其自然吧。我不相信真个会打仗。"

　　"半点钟前王先生特来关照,说他本来也和你一样,不预备搬的,昨天已搬到法租界去了。他有一个亲戚在南京做官,据说这次真要打仗了。他又说,闸北一带今天晚上十二点钟就要开火,叫我们把箱子先搬出几只,人等炮声响了再说。"

　　"所以你在整理箱子?我和你没有什么好衣服,这几只箱子值得多少

钱呢？"

"你又来了，'一二八'那回也是你不肯先搬，后来光身逃出，弄得替换衫裤都没有，件件要重做，到现在还没添配舒齐。难道又要……"

"如果中国政府真个会和人家打仗，我们什么都该牺牲，区区不值钱的几只箱子算什么？恐怕都是些谣言吧。"

"……"

几只整理好了的箱子胡乱地叠在屋角。她悄然对了这几只箱子看。

搬场汽车啵啵地接连开出以后，弄里面赖以打破黄昏的寂寞的只是晚报的叫卖声。晚报用了枣子样的大字列着"×××不日飞京，共赴国难，精诚团结有望""五全大会开会"等等的标题。

\* \* \*

他傍晚从办事的地方回家，带来了几种报纸，里面有许多平安的消息，什么"军政部长何应钦声明对日亲善外交决不变更"，什么"窦乐安路日兵撤退"，什么"日本总领事声明决无战事"，什么"市政府禁止搬场"。她见了这些大字标题，一星期来的愁眉为之一松。

"我的话不错吧，终究是谣言。哪里会打什么仗！"

"我们幸而不搬。隔壁张家这次搬场，听说花了两三百块钱呢。还有宝山路李家，听说一家在旅馆里困地板，连吃连住要十多块钱一天的开销，家里昨天晚上还着了贼偷。李太太今天到这里，说起来要下泪。都是造谣言的害人。"

"总之，中国人难做是真的。——这几只箱子不知道要到什么时候才有牺牲的机会呢？"

几只整理好了的箱子胡乱地叠在屋角。他悄然地对了这几只箱子看。

打破里内黄昏的寂寞的仍旧还只有晚报的叫卖声。晚报上用枣子样的大字列着的标题是："日兵云集榆关"。

刊《中学生》第六十号，1935 年 12 月

# 流 弹

兰芳姑娘跟了我弟妇四太太到上海来,正是我长女吉子将迁柩归葬的前一个月。她是四太太亲戚家的女儿,四太太有时回故乡小住,常来走动,四太太自己没有儿女,也欢迎她作伴,因此和我家吉子满子成了很熟的朋友。尤其是吉子,和她年龄相仿,彼此更莫逆。吉子到上海以后,常常和她通信。她是早没有父亲的,家里有老祖父、老祖母、母亲,还有一个弟弟,一家所靠的就是老祖父。今年她老祖父病故的时候,吉子自己还没有生病,接到她的报丧信,曾为她叹息:

"兰芳的祖父死了,兰芳将怎么好啊!一家有四五个人吃饭,叫她怎么负担得起!"

这次四太太到故乡去,回来的时候兰芳就同来了。我在四弟家里看见她。据她告诉我,打算在上海小住几日,于冬至前后吉子迁柩的时候跟我们家里的人回去,顺便送吉子的葬。从四太太的谈话里知道她家的窘况,求职业的迫切,看情形,似乎她的母亲还托四太太代觅配偶的。

"三伯伯,可有法子替兰芳荐个事情?兰芳写写据说还不差,吉子平日常称赞她。在你书局里做校对是很相宜的。"四太太当了兰芳的面对我说。

"女子在上海做事情是很不上算的。我们公司里即使荐得进去,也只是起码小职员,二十块大洋一月,要自己吃饭,自己住房子,还要每天来去

的电车钱。结果是赔本。对于兰芳有什么益处呢?"我设身处地地说。

"那么,依你说怎样?"四太太皱起眉头来了。

"兰芳已二十岁了吧,请你替她找个对手啊!做了太太,什么都解决了。哈哈!"我对了兰芳半打趣地说。

"三伯伯还要拿我寻开心。"兰芳平常也叫我三伯伯。"我的志愿,吉子姐最明白,可惜她现在死去了。我情愿辛苦些,自己独立,只要有饭吃,什么工作都愿干,到工场去当女工也不怕。"

"她的亲事,我也在替她留意,但这不是一时可以成功的,还是请你替她荐个事情吧。她如果做事情了,食住由我担任,赔本不赔本,不要你替她担心。"四太太说。

"事情并不这样简单。从这里到老三的店里,电车钱要二十一个铜板,每日来回两趟,一个月就可观了;还有一顿中饭要另想法子。——况且商店都在裁员减薪,荐得进荐不进,也还没有把握。"这次是老四开口了。

四太太和兰芳面面相觑,空气忽然严重起来。

"且再想法吧,天无绝人之路。"我临走时虽然这样说,却感到沉重的负担。近年来早不关心了的妇女问题,家庭问题,女子职业问题等等,一齐在我胸中浮上。坐在电车里,分外留意去看女人,把车中每个女人的生活来源来试加打量,在心里瞎猜度。

吉子迁葬的前一日。家里的人正要到会馆去作祭,兰芳跑来说,四太太想过一个热闹的年,留她在上海过了年再回去。她明天不预备跟我们家里的人同回去送葬了,特来通知,顺便同到会馆里去祭奠吉子一次,见一见吉子的棺材。

从会馆回来,时候已不早,妻留她宿在这里,第二天,家里的人要回乡去料理葬事,只我和满子留在上海,满子怕寂寞,邀她再作伴几天。她勉强多留了一夜。第三天早晨我起来的时候,已不见她,原来她已冒雨雇车回四太太那里去了。吃饭桌上摆着一封贴好了邮票的信,据说是因为天雨,又不知道这一带附近的邮筒在哪里,所以留着叫满子代为投入邮筒的。

"在这里作了一天半的客,也要破工夫来写信?"我望着信封上娟秀的字迹,不禁这样想。信是寄到杭州去的,受信人姓张,照名字的字面看去,似乎是一个男子。

隔了一二天，我有事去找老四，一进门，就听见老四和四太太在谈着什么"电报"的话。桌子上还摆着电报局的发报收条。

"打电报给谁？为了什么事？"我问。

"我们自己不打电报，是兰芳的。"四太太说。

"兰芳家里出了什么事？"我不安地向兰芳看。老四和四太太却都带着笑容。

"三伯伯，你看，昨天有人来了这样一个电报，不知是谁开的玩笑？"兰芳从衣袋里摸出一张电报来，电文是"上海×××路××号刘兰芳，母病，速转杭州回家"，不具发电人的名字。

"母亲没有生病吗？"我问兰芳。

"前天她母亲刚有信来，说家里都好，并且还说如果喜欢在上海过年，新年回来也可以，昨天忽然接到了这样的电报。问她，她说不知道是什么人打的。叫她从杭州转，不是绕远路吗？我不让她去不好，让她去，也不放心。后来老四主张打一个电报到她家里去问个明白。回电来了，说家里并没有人生病。你道蹊跷不蹊跷？"素来急性的四太太滔滔地把经过说明。

"一个电报变成三个电报了，电报局真是好生意。"老四笑着说。

"那么打电报来的究竟是谁呢？"我问兰芳。

"不知道。"兰芳说时头向着地。

"电报上的地址门牌一些不错，如果你不告诉人家，人家会知道吗？你到此地以后天天要写信，现在写信写出花样来了。幸而那个人在杭州，只打电报来，如果在上海的话，还要钉梢上门呢。我劝你以后少写信了。"四太太几乎把兰芳认作自己的亲生女，忘记了她是寄住着的客人了。

兰芳赧然不作声。

"兰芳做了被人追逐的目标了。这打电报的人，前几天一定还在杭州车站等着呢。等一班车，不来，等一班车，不来，不知道怎样失望啊。这样冷的天气，空跑车站，也够受用了。"我故意把话头岔开，同时记起前几天看见的信封上的名字来。"杭州，姓张，一定是他了。"这样想时，暗暗感到读侦探小说的兴味。

第二天吃饭的时候，和满子谈起电报的故事。从满子的口头知道兰芳和那姓张的过去几年来的关系，知道姓张的已经是有妻有女儿的人了。

"这电报一定是他打来的。兰芳前回住在这里,曾和我谈到夜深,什么要和妻离婚咧,和她结婚咧,都是关于他的话。"满子说。

我从事件的大略轮廓上,预想这一对青年男女将有严重的纠纷,无心再去追求细节,作侦探的游戏了,深悔前几次说话态度的轻浮。

星期日上午,满子和邻居的女朋友同到街上去了,家里除娘姨以外只我一个人。九时以后,陆续来了好几个客,闲谈,小酌,到饭后还未散尽。忽然又听见门铃急响,似乎那来客是一个有着非常要紧的事务。

"今天的门铃为什么这样忙。"娘姨急忙出去开门。

我和几位朋友在窗内张望,见来的是一个二十多岁的青年,光滑的头发,苍白的脸孔,围了围巾,携着一个手提皮箱。看样子,似乎是才从火车上下来的。

"说是来看二小姐的。"娘姨把来客引进门来。

"你是夏先生吗?我姓张,今天从杭州来,来找满子的。"

"满子出去了,可有什么要事?"我一壁请他就坐,一壁说,其实心里已猜到一半。

"真不凑巧!"他搔着头皮,似乎很局促不安。"夏先生的令弟家里不是有个姓刘的客人住着吗?我这次特地从杭州来,就是为了想找她。"

"哦,就是兰芳吗?在那里。尊姓是张,哦……那么找满子有什么事?"

"我想到令弟家里去找兰芳。听说令弟的太太很古板,直接去有些不便,所以想托满子叫出兰芳来会面。我们的关系,满子是很明白的。今天她不在家,真不凑巧。"

"那么请等一等,满子说不定就可回来的。"我假作什么都不知道。

别的客人都走了,客堂间里只我和新来的客人相对坐着。据他自说,曾在白马湖念过书,和吉子是同学,也曾到过我白马湖的家里几次,现在杭州某机关里当书记。

"据说吉子的灵柩已运回去了,她真死得可惜!"他望着壁间吉子的照相说。

我苦于无话可对付,只是默然地向着客人看。小钟的短针已快将走到二点的地方,满子还不回来。

"满子不知什么时候才回来,——我只好直接去了。"客人立起身来去

提那放在坐椅旁的皮箱。

"戏剧快要开幕了，不知怎样开场，怎样收场！"我送客到门口，望着他的后影这样私忖。

为了有事要和别人接洽，我不久也就出去了，黄昏回来按了好几次门铃，才见满子来开门。

"爸爸，张××来找你好几次了。他到了四妈那里，要叫兰芳一淘出去，被四妈大骂，不准他进去。他在门外立了三个钟头，四妈在里面骂了三个钟头。他来找你好几次了，现在住在隔壁弄堂的小旅馆里，脸孔青青地，似乎要发狂。我和娘姨都怕起来，所以把门关得牢牢地。——今天我幸而出去了，不然他要我去叫兰芳，去叫呢还是不去叫？"

"他来找我做什么？"

"他说要托你帮忙。他说要自杀，兰芳也要自杀，真怕煞人！"

才捧起夜饭碗，门铃又狂鸣了。娘姨跑出来露着惊惶的神气。

"一定又是他。让他进来吗？"

"让他进来。"我拂着筷子叫娘姨去开门。

来的果然就是张××。那神情和方才大两样了，本来苍白的脸色，加添了灰色的成分，从金丝边的眼镜里，闪出可怕的光。我请他一淘吃夜饭，他说已在外面吃过，就坐下来气喘喘地向我诉说今天下午的经过。

"我出世以来，不曾受到这样的侮辱过。恋爱是神圣的，为什么可以妨害我们？我总算读过几年书，是知识阶级，受到这样的侮辱，只好自杀了。我预先声明，我要为恋爱奋斗到底，自杀以前，必定要用手枪把骂我的人先打杀！还有兰芳，看那情形也要自杀的，说不定就在今天晚上。……"

他越说越兴奋，仿佛手枪就在怀中，又仿佛自杀的惨变即在目前的样子。我默然地听他说，看他装手势，一壁赶快吃完了饭。

"请问，你现在到我这里来为了什么？"我坐在他旁边，重新改变了态度从头问。

他似乎有些清醒了。

"一来是想报告今天的经过；二来是想请先生帮忙。"说时气焰已减退了许多。

"这经过于我无关，用不着向我报告。至于帮忙，更无从谈起。我不知

道你和兰芳的情谊，兰芳又不是我的亲戚。我连做媒人的资格都没有，何况你们是恋爱！"我冷淡地说。

"先生是我们的老前辈，关于恋爱，曾翻译过好几种书，又曾发表过许多篇文章。我们对于这些著作，平日是常作经典读的。在先生看来，我们青年应该恋爱吗？"

"我决不反对恋爱。可是惭愧得很，自己却未曾有过恋爱的经验。关于这点，我倒应该向你受教的。听说你已结过婚，而且有了儿女了。你恋爱兰芳，本身当然有许多荆棘。你居然不怕，我真佩服你有勇气。"

他默然了一会，似乎在沉思。

"我已决定回家去离婚了。"

"那么，兰芳和你的情谊到了如何程度了呢？今天你到我弟弟家里去的时候，曾见到她吗？她曾出来招呼，向女主人介绍吗？"

"没有。我去敲门，把名片从门孔里递给女佣人，立了一刻多钟不见来开门，那位太太的骂声就起来了。兰芳不出来，也许是怕羞，说不定从中有人在阻挠，破坏我们的恋爱。我和兰芳相识已四年了，我为了她，曾奋斗到现在。"说到这里，他郑重地从衣袋里摸出一个纸包来。"喏，这里面有她和我合拍的照相，许多封给我的信。爱情这东西培养很难，破坏是很容易的。如果有人来破坏我们的爱情，我一定要和他拚命。"他又兴奋起来了。

纸包摊开在桌子上，露出粉红色和淡蓝色的许多信封。我叫满子替他包好，不去看它。

"据你说来，今天的事情，关系还在兰芳身上。她如果肯直直爽爽地把你当作未婚夫来介绍，就什么问题都没有了。我们的那位弟太太待兰芳并不坏，至于你们的关系如何，当然未曾明了。你知道上海的情形吗？在上海，陌生的男人上门去追逐女人叫'钉梢'，是要被打——'吃生活'的，你只受骂，还算便宜呢。哈哈！"

我不想再说什么了。拿起吃饭前已看过的晚报，无聊地来再看，把眼光放在"学生占住北站车辆，沪宁沪杭夜车停开"的标题上。客人仍是"指导"咧"帮忙"咧，说了一大套。

"你要我帮忙些什么呢？"我打着呵欠问他。"你的目的是要兰芳爱你吧？她究竟爱你不爱你，权在她自己，我有什么方法可想？至于说有人妨害你们的结合,更没有这回事。兰芳是在亲戚家里作客的,那里并没有你的情敌。你尽可放心。"

客人还没有就去的意思,低了头悄然地坐着。

"怎样?我不是已对你说得很明白了吗?你还有什么事?"

"我想叫兰芳不住在上海。兰芳这次出来原和我有约,冬至节边就回家去的。忽然说要在上海过年了,我曾打过一个电报,还是不回去。所以特地跑到上海来找她。她如果一天不回去,我也一天不回杭州,情愿死在这里。"他说到"死"字,又兴奋起来。

我对于这狂热而粘韧的青年,想不出适当对付的方法来了。

"兰芳的回去不回去,照理有她的自由。你既这样说,我明天就去关照舍弟家里,叫他们不要留她,送她回去吧。好了,话说到这里为止,你可放心回旅馆去睡觉,明天也不必再来了。"

我立起身来替客人开门,他这才出门去。

第二天早晨,我还睡着,又听得门铃响。那姓张的客人又来了。据娘姨说。她起来扫地的时候就见他在我家前后荡来荡去好几次了。

我披了衣服下楼去,见他已坐在客堂里,眼睛红红地,似乎昨晚不曾睡着过的样子。

"不是昨天已答应过你了吗,由我去劝四太太,叫她不再留兰芳在上海。我打算今天吃了夜饭就去说,日里是没有功夫的。——此外还有什么事?"我问他的来意。

"我怕兰芳要自杀,也许昨晚已经……"

"决不会吧。你似乎有些神经异常了。据我的意见,你在上海已没有事,可以就回杭州去了。兰芳不日也就可回到自己家里去。此后的事情,完全看你们的情形怎样。"我抑住了厌憎的情绪,这样劝说。

"我有一封信在这里,想托满子替我代为送去给兰芳,安慰安慰她。"他说着从衣袋里摸出一封厚厚的信来。

"又是信!"我在心里说。我对于这种粘缠扭捏的青年男女间的文字游戏,是向所不快的,为了逃避当面的包围起见,就答应照办。笑着说:

"阿满,就替他做一回秘密邮差吧。——去去就回来,不要多讲话。"

打发满子去后,我就去穿大衣,戴帽子。客人见这样子,也就告辞

而去。

正午回来吃中饭,满子尚未回转,从娘姨口里,知道那姓张的又来捺过好几次门铃;有一次从后门闯进来,独身在厨房里站了一回,拿起娘姨所用的镜子来照了又照,自叹面容的憔悴。

"这位客人样子有些痴。"娘姨毫不客气地下起诊断来。

黄昏回到家里,满子早已转来了,据说兰芳也有回信给姓张的。他下午又来守候过几次,最后一回拿了信去。兰芳在那里仍是有说有笑的,并不怪四太太。看样子似乎他们之间问题还很多,或者竟是张××的单相思。

晚饭后我冒了雪到老四那里,正在和老四、四太太、兰芳围了炉谈说日来的经过,忽听见有人敲门。

"一定又是那个痴子,别去理他!"四太太说。

"还是让他进来吧,好当面讲个明白。"我主张说。

老四和我去开门,来的果然就是他。老四和他是初见,"尊姓台甫",一番寒暄之后,就表示日来怠慢的抱歉,且声明即日送兰芳回去,劝他放心。

"兰芳,这是你的客人,你也出来当面谈谈,免得我们做旁人的为难。"老四笑着叫兰芳。

兰芳经了好几次催迫才出来,彼此相对,也不说什么。四太太在后房和娘姨在谈话,"痴子""痴子"的声音时时传到耳里来。

"现在好了。他们已声明就送兰芳回去,我答应你的事情,总算办到。今晚我还要到别的朋友那里去,你也可以放心回去了。"我这样三面交代,结束了这会见的场面。

接连下了好几天的雨夹雪,姓张的到第二天还没有回去,几次来捺门铃,我却都没有见到他。

过了三天,我又到老四那里。老四一个人在灯下打五关。据说四太太昨天下午亲自送兰芳回去了,预备在兰芳家里留一夜,明天可以回到上海。本来打算等天晴了才走的,因为那姓张的只管上门来嘈杂,所以就冒着雨雪动身了。

"这样冷的天气!太太真心坚……都是那个痴子不好。"娘姨送出茶来,这样说。

国事,家事,杂谈已到了十点多钟,雪依然在落着。正想从炉旁立起身来回家,忽听得四太太叫娘姨开后门的声音。

"回来了,好像充了一次军!"四太太扑着大衣上的雪花进来。

"为什么这样快?不是预备在兰芳家里宿一夜的吗?"老四问。

据四太太说,她和兰芳才从轿子下来,就看见那姓张的,原来他已比她们早到了那里了。四太太匆匆地把经过告诉了兰芳的母亲,看时间尚早,来得及赶乘火车,就原轿动身,在兰芳家里不过留了半个钟头。

"我们都是瞎着急,睡在鼓里。兰芳的母亲既知道女儿已有情人,为什么还要托我管这样管那样。幸而我还没有替兰芳做媒人。兰芳也不好,为什么不明明白白告诉我们。那个痴子,在她们家里似乎已是熟客,俨然是个姑爷了,还要我们来瞎淘气。"四太太很有些愤愤。

因为四太太在车子里未曾吃过晚饭,娘姨赶忙烧起点心来。我也不管夜深,留在那里吃点心,大家又谈到姓张的和兰芳。

"照情理想来,这对男女的结合并不容易。男的家里已有妻和小孩,女的家境又不好,暂时要靠人帮助。为兰芳计,最好能嫁个有钱的丈夫。唉,天下真多不凑巧的事。"老四感慨地说。

"男女间的事情,不能用情理来判断,恋爱本是盲目的东西。在西洋的神话里,管恋爱的神道,眼睛永不张开,只是把箭向青年男女的心胸乱放。据说这箭是用药煮过的,中在心上又舒服又苦痛,说不出的难熬,要经爱人的手才拔得出呢。"我的话引得老四和四太太都笑了。

"依你说来兰芳和那痴子都中了那位神道的箭了。那么,我们的为他们淘气,算是什么呢?"四太太笑说。

"只可说是流弹了。哈哈。"我觉得"流弹"二字用得恰好。

"真是流弹。哦,电报费,来回的船钱,火车钱,轿钱,汽车钱,计算起来,很不少呢。这颗流弹也不算小了。"老四说。

"还要外加烦恼哩。前几天多少嘈杂淘气!这样大雪天,要我去充军!"四太太又愤愤了。

"总之是流弹,如数上在流弹的账上就是了。"老四笑着说。

刊开明书店版《十年续集》,1936年12月

# 黄包车礼赞

　　自从到上海作教书匠以来，日常生活中与我最有密切关系的要算黄包车了。我所跑的学校，一在江湾，一在真茹，原都有火车可通的。可是，到江湾的火车往往时刻不准，到真茹的火车班次既少，车辆又缺，十次有九次觅不到坐位，开车又不准时，有时竟要挤在人群中直立到半小时以上才开车。在北站买车票又不容易，要会拼命地去挤才可买得到手。种种情形，使我对于火车断了念，专去交易黄包车。

　　每日清晨在洗马子声里掩了鼻子走出宝山里，就上黄包车到真茹。去的日子，先坐到北站，再由铁栅旁换雇车子到真茹。因为只有北站铁栅外的黄包车夫知道真茹的地名。江湾的地名很普通，凡是车夫都知道，所以到江湾去较方便，只要在里门口跳上车子，就一直会被送到，不必再换车了。

　　从宝山里的寓所到真茹须一小时以上，到江湾须一小时光景，有时遇着已在别个乘客上出尽了力的车夫，跑不快速，时间还要多化些。总计，我每日在黄包车上的时间，至少要二小时光景，车费至少要小洋七八角。时间与经济，都占着我全生活上的不小部分。

　　听说吴稚晖先生是不坐黄包车的。我虽非吴稚晖先生，也向不喜欢坐黄包车，当专门坐黄包车的开始几天，颇感困难，每次要论价，遇天气不

好,还要被敲竹杠,特别是闸北华界,路既不平,车子竟无一辆完整的,车夫也不及租界的壮健能跑,往往有老叟及孩子充当车夫的。无论在将坐时,正坐时,下车时,都觉得心情不好。不是因为他走得慢而动气,就是因为他走得吃力而悯怜,有时还因为他敲竹杠而不平。至于因此而引起的对于社会制度的愤闷,又是次之。

可是过了一二个月以后,我对于一向所不喜欢的黄包车,已坐惯了,不但坐惯,还觉到有时特别的亲切之味了。横竖理想世界不知何日实现,汽车又是不梦想坐的,火车虽时开时不开,于我也好像无关,我只能坐黄包车。现世要没有黄包车,是不可能的梦谈。没有黄包车,我就不能妓女出局似地去上课,就不能养家小,我的生活,完全要依赖黄包车,黄包车才是我的恩人。

因为所跑的地方有一定,日日反复来回,坐车的地点也有一定,好许多车夫都认识了我,虽然我不认识他们。每日清晨一到所定的地点,就有许多老交易的车夫来"先生先生"地欢迎,用不着讲价,也用不着告诉目的地,只要随便跳上车子,就会把我送到我所要到的地方,或是真茹,或是江湾。到了"照老规矩"给钱,毫无论价的麻烦,多加几个铜子,还得到"谢谢"的快活回答。

上海的行业都有帮的,如银钱业多宁绍帮,浴堂的当差的,理发匠,多镇江帮,黄包车夫却是江北帮,他们都打江北话,有许多还留着辫子。为什么江北产生黄包车夫?不待说这是个很有深远背景的问题,可惜我从他们口头得来的材料还不多,不能为正确的研究。

近来我又发见了在车上时间的利用法,不像最初未惯时的只盼快到江湾,把长长的一小时在焦切中无谓耗去了。到江湾,到真茹所经过的都是旷野,只要车子一出市梢,就可纵览风景,特别是课毕回来,一天的劳作已完,悠然地把身体交付了黄包车,在红也似的夕阳里看那沿途的风物,好比玩赏走卷,真是一种享乐,有时还嫌车子走得太快。

在黄包车上阅书也好,我有好几本书都是在黄包车上看完的。一本四五百页的书,不到一星期,就可翻毕了。大家都知道,上海的学校,是只许教员跑,不许教员住的。不但住室没有,连休息室也或许没有,偶有空暇的一二小时,也只好糊涂地闲谈空过,不能看书。在自己的寓所里呢,

又是客人来咧,邻居的小孩哭咧,大人叉麻雀咧,非到深夜实在不便于看书。这缺陷现在竟在黄包车上寻到了弥补的方法。我相信,我以后如还想用功的话,只有在黄包车上了。

我近来又在黄包车上构文章的腹案,古人关于作文有"三上"的话,所谓三上者,记得是枕上,马上,厕上。在现在,我以为应该增加一"黄包车上",凑成"四上"的名词。在黄包车上瞑了目就一项问题,或一种题材加以思索,因了车夫有韵律的步骤,身体受着韵律地颤动,心情觉得特别宁静,注意也很能集中于一处,很适宜作文。有一个作家,因为他的作品都是在亭子楼中伏居了做的,自怜其作品为"亭子间文学",我此后如果不懒惰,写得出文章出来,我将自夸为"黄包车文学"了。

这样在黄包车上观风景,看书,作文,也许含有享乐的意味,在态度上对于苦力的黄包车夫,是不人道的。我常有此感觉。但一想到他们也常飞奔似地拉了人家去嫖赌,也就自安了。并且,我坐在车上观风景与否,看书与否,作文与否,于他们的劳苦,毫无关系。这种情形正如邮差一样,邮差不知递送了多少的情书,做过多少痴男怨女的实际的媒介,而他们对于自己的功绩,却毫没主张矜夸,也毫不吐说不平的。

说虽如此,但我总觉得黄包车是与我有恩的,我要有出息,才不负他们日日地拉我,虽然他们很大度,一视同仁地拉好人也拉坏蛋。

日日做我的伴侣,供给我观风景读书作文的机会的黄包车啊!我礼赞你!我感谢你!我愿努力自己,把我自己弄成一个除了给钱以外,还有别的资格值得你拉我的。

刊《秋野》创刊号,1927年11月

# 做了父亲

《妇女杂志》的记者想约几个朋友来写些做了父亲以后的话，又因为我在朋友中年龄较大，被认为老牌的父亲，要求得格外恳切，以为一定非写不可。

真的，我是个老牌的父亲。说也惭愧，我今年四十五岁，已有孙儿，不但做了父亲，且已做了父亲的父亲了。

我因为家庭的种种关系，十七岁就结婚。第一次做父亲，是在二十岁那年。做父亲如此之早，在现在看来，自己也似乎觉得很奇怪，但在二十五年以前，却是极普通的事。我一共有过五个儿女，现存者四个，最大的二十五岁，最小的十二岁。

人常把小孩比诸天使，我却一般地不喜欢小孩，自己也不知道这是甚么缘故。我不曾逗弄过小孩，非不得已，也不愿抱小孩。当妻偶然另有事须做，把怀中的小孩"哪，叫爸爸抱"地送过来，我总是摇头皱眉，表示不高兴。至于携了会走的儿女去买物看戏或探问亲友等类的事，差不多一次都不曾有过。妻常怨我冷淡，叫我"外国人"。（因为我曾留学日本，早就没有辫子。）那末，说我不爱儿女吗？那也不然。这话可由反面来自己证明，当我的第三个小孩于五岁夭死的那一年，我

曾长期地沉陷于颓丧的心情中，觉得如失了宝贝一样。即至今偶然念及，也仍不免要难过许多时候。

我对于儿女，一直取着听其自然的主义。"听其自然"，原不好算甚么主义，只是迫于事实不得不然的一种敷衍办法。在妻初怀着长男的妊娠的当时，对于未来儿女的教养，也曾在少年幼稚的心胸中像煞有介事地作过许多一知半解的计划：哺乳该怎样？玩具该怎样？复习要怎样监督？职业要怎样指导？婚姻要怎样顾问？可是一经做了父亲以后，甚么都不曾办到。那情形差不多等于为政者说谎。为政者在未爬上政治的座位以前，必有一番可以令人动听的政治理想或政纲之类的，及权位到手，自食其言的不消说了，即真想实行其对民众所作的约束，也常感到事实上的困难不得已而变节的。我于做父亲以后，就感到一种幻灭。第一是因为自己须出外糊口，不能与儿女们常在一处，第二是没有财力与闲暇去对付他们。结果，儿女虽逐渐加多加长，理想却无从实现。横竖弄不好，于是只好听其自然。觉得还是听其自然，比较地可以减少些责任。校课成绩，听其自然，职业，听其自然，婚姻，也听其自然。

当我的长男在商店学满生意，自己看中了一个姑娘，亲戚某君拍着胸脯替他去做媒说合的时候，我曾郑重声明不管一切。长男的岳家不相信，以为这只是说说罢咧，那里会有父亲不管儿子娶亲的道理？后来见我真不管，于是"外国人"的名声乃愈传愈远。在他们结婚的那天，我送了一百元钱的贺礼去，吃过一餐的喜酒就回来了。（五十元或百元的礼，我每年总要送一二次。我于近二十年来，不送一元二元的礼，在一方面呢，遇到亲友家里有婚丧大事，而境况窘苦的时候，就设法筹一笔大钱送去作礼。省去了零星的应酬，把财力集中于一处，我觉得这是一件很合算的事。）至今儿媳们只从他们的小家庭里像亲戚似地来往着，因之普通家庭间常见的姑媳间的纠纷，在我家却未曾经验过。

我与长男，彼此经济已独立多年了。他虽已另立门户，作着一家之主，可是能力很薄弱，而且数年前曾有一时颇荒唐。我对他虽很不放心，但也只好听其自然。我觉得父兄对于子弟须负全责的话，只是旧时代的一种理想。在旧日职业世袭，而且以农业为中心的社会里，父兄与子弟自朝到晚都在一处，做父兄的对于子弟的行为，当然便于监督指

导，可以负责的。至于现今，尤其是我们这一类人，这话就无从说起了。我在上海作教书匠，我的儿子在汉口作商业伙计，他如果不知自爱，在那里赌钱或嫖妓，我有甚么方法知道，用甚么方法干涉他呢？结果只好听其自然了。

长男以下，还有一男二女。有的尚未成年，有的已经成年了尚未结婚，当然只好留在家里养活他们，或送到学校里去。我虽衷心地默祷，希望他们将来都成一个"人"，但在像我这样的父亲与现今的时代之下，究竟前途怎样，也只好听其自然，看他们自己的努力与运命如何了。

我的做父亲的情形，不过如此。我敢自己公言：我虽二十五年来靦然地做着父亲，而自问却未曾真正地做过一日父亲。

刊《妇女杂志》第十七卷一号，1931 年 1 月 1 日

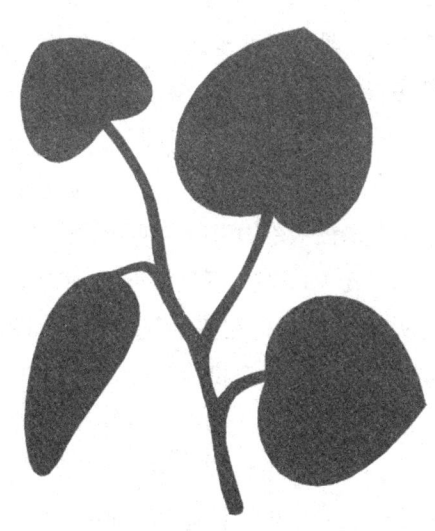

中国现代文学大师精品集丛书

# 我的中学生时代

夏丏尊精品集

中学校时代，在年龄上是指十三四岁到十八九岁的一段。我今年四十六岁，我的中学校时代已是三十年以前的事了。那时正是由科举过渡到学校的当儿，学校未兴，私塾是唯一的学校。我自幼也从塾师读经书，学八股，考秀才，后来且考过举人。及科举全废的前两三年，然后改进学校，可是未曾在什么学校里毕过业，未曾得过卒业文凭。

我上代是经商的，父亲却是个秀才。在十岁以前，祖父的事业未倒，家境很不坏，兄弟五人中据说我在八字上可以读书，于是祖父与父亲都期望我将来中举人点翰林，光大门楣，不预备叫我去学生意。在我家坐馆的先生也另眼相看，我所读的功课是和我的兄弟们不同的。他们读毕四书，就读些《幼学琼林》和尺牍书类，而我却非读《左传》、《诗经》、《礼记》等等不可。他们不必做八股文，而我却非做八股文不可。因为我是要预备将来做读书人的。

十六岁那年我考得了秀才，以后不久八股即废，改"以策论取士"。八股在戊戌政变时曾废过，不数月即恢复，至是时乃真废了。这改革使全国的读书人大起恐慌。当时的读书人大都是一味靠八股吃饭的，他们平日朝夕所读的是八股，案头所列的是闱墨或试帖诗，经史向不研究，"时务"更所茫然。我虽八股的积习未深，不曾感到很大的不平，但要从师也无师可

从，只是把《大题文府》等类搁起，换些《东来博议》《读通鉴论》《古文观止》之类的东西来读，把白折纸废去，临摹碑帖，再把当时唯一的算术书《笔算数学》买来自修而已。

那时我家里的情况已大不如从前了。最初是祖父的事业失败，不久祖父即去世。父亲是少爷出身，舒服惯了的。兄弟们为家境所迫，都托亲友介绍，提早作商店学徒去了。五间三进的宽大而贫乏的家里，除了母亲和一个嫂子，就剩了父子两个老小秀才。父亲的书箱里，八股文以外有一部《史记》，一部《前汉后书》，一部《韩昌黎集》，一部《唐诗三百首》，一部《通鉴纲目》，一部《文选》，一部《聊斋志异》，一部《红楼梦》，一部《西厢记》，一部《经策通纂》，一部《皇清经解》，还有几种唐人的碑帖与《桐荫论画》等论书画的东西。父子把这些书作长日的消遣，父亲爱写字，种花，整洁居室，室里干净清静得如庵院一般。这样地过了约莫一年。

亲戚中从上海回来的，都来劝读外国书（即现在的所谓进学校）。当时内地无学校，要读外国书只有到上海。据说上海最有名的是梵王渡（即现在的圣约翰大学），如果在那里毕业，包定有饭吃。父母也觉得科举快将全废，长此下去究不是事，于是就叫我到上海去读外国书。当时读外国书的地方并不多，外国人立的只有梵王渡、震旦与中西书院，中国人立的只有南洋公学。我是去读外国书的，当然要进外国人的学校。震旦是读法文的，梵王渡据说程度较高，要读过几年英文才能进去，中西书院（即现在东吴大学的前身）入学比较容易些，我于是就进中西书院。

那时生活程度还很低，可是学费却已并不便宜，中西书院每半年记得要缴费四十八元。家中境况已甚拮据，我的第一次半年的学费还是母亲把首饰变卖了给我的。我与便友同伴到了上海，由大哥送我入中西书院。那时我年十七。

中西书院分为六年（？）毕业，初等科三年，高等科三年，此外还有特科若干年。我当然进初等科，那时功课不限定年级，是依学生的程度定的。英文是甲班的，算学如果有些根底就可入乙班，国文好的可以入丙班。我英文初读，入甲班，最初读的是《华英初阶》；算学乙班，读《笔算数学》；国文，甲班；其余各科也参差不齐，记不清楚了。各种学科中，最被人看不起的是国文，上课与否可以随便，最注重的是英文。时间表很简单，每

日上午全读英文,下午第一时板定是算学,其余各科则配搭在数学以后。监院(即校长)是美国人潘慎文,教习有史拜言、谢鸿赉等。同学一百多人,大多数是包车接送的富者之子,间有贫寒子弟,则系基督教徒,受有教会补助,读书不用花钱的。我的同学中很有许多现今知名之士。记得名律师丁榕,经济大家马寅初,都是我的先辈的同学。

中西书院门禁森严,除通学生外,非得保证人来信不能出大门一步,并且星期日不能告假(因为要做礼拜),情形几等于现在的旧式女学校。告假限在星期六下午。我的保证人是我的大哥,他在商店做事,每月只来带我出去一次,有时他自己有事,也就不来领我。我在那里几乎等于笼鸟,尤其是礼拜日,逃不掉做礼拜觉得很苦。

礼拜真正多极。每日上课前要做礼拜,星期三晚上要做礼拜,星期日早晨要做礼拜,晚上又要做礼拜。每次礼拜有舍监来各房间查察,非去不可。每日早晨的礼拜约须三十分钟,其余的都要费一小时以上。唱赞美歌,祷告,讲经,厌倦非凡。这种麻烦,如果叫现今每周只做一次纪念周犹嫌费事的学生诸君去尝,不知能否忍耐呢。

读了一学期,学费无法继续,于是只好仍旧在家里,用《华英进阶》《华英字典》(这是中国第一部英文字典,商务出版)《代数备旨》等书自修。另外再作些策论《四书义》,请邑中的老先生评阅。秋间再去考乡试,举人当然无望,却从临时书肆(当时平日书店很少,一至考试时,试院附近临时书店如林)买了严译《原富》《天演论》等书回来,莫名其妙地翻阅。又因排满之呼声已起,我也向朋友那里借了《新民丛报》等来看,由是对于明末清初的故事与文章很有兴味,《明季稗史》《明夷待访录》《吴梅村集》《虞初新志》等书,都是我所耽读的。

十八岁那年,因了一位朋友的劝告,同到绍兴府学堂(即现在浙江第五中学的前身)入学。在那一二年中,内地学堂已成立了不少。当时办学概依奏定学堂章程,学制很划一。县有县学堂,性质为现在的高小程度,府学堂则相当于现在的中学,省学堂相当于大学预料,京师大学堂即现在的所谓大学了。学堂的成立,并无一定顺序,我们绍属是先有中学,后有小学的。府学堂不收学费,宿费更不须出,饭费只每月二元光景。并且学校由书院改设,书院制尚未全除,月考成绩若优,还有一元乃至几毛钱的

"膏火"可得（膏火是书院时代的奖金名称，意思是灯油费）。读书不但可以不花钱，而且弄得好还有零用可获得的。

府学堂的科目记得为伦理、经学、国文、英文、史学、舆地、算学、格致（即现在的理化博物）、体操、测绘（用器画舆地图），功课亦依程度编级，一如中西书院的办法。我因英文已有半年每日三点钟及在家自修的成绩，居然大出风头，被排在程度顶高的一级里，算学与国文的班次也不低。同学之中年龄老大的很多，班级皆低于我，我于是颇受师友的青眼。

国文是一位王先生教的，选读《皇朝经世文编》，作文题是《范文正公为秀才时便以天下为己任》《士先器识而后文艺》之类。经学是徐先生（即刺恩铭的徐锡麟烈士）担任的，他叫我们读《公羊传》，上课时大发挥其微言大义。测绘也由这位徐先生担任。体操教师是一位日本人。他不会讲中国话，口令是用日本语的，故于最初就由他教我们几句体操用的日本语，如"立正"、"向前"之类。伦理教师最奇特，他姓朱，是绍兴有名的理学家，有长长的须髯，走路踱方步，写字仿朱子。他教我们学"洒扫应对"，"居敬存诚"，还教我们舞佾，拿了鸡尾似的劳什子作种种把戏。据他的主张，上课时书应端执在右手，不应挟在腋下；上班退班都须依照长幼之序"鱼贯而行"，不应作鸟兽散；见先生须作揖，表示敬意。我们虽不以为然，却不去加以攻击，只依老古董相待罢了。

当时青年界激昂慷慨，充满着蓬勃的朝气，似乎都对于中国怀着相当的期待，不像现在的消沉幻灭。庚子事件经过不久，又当日俄战争，风云恶劣，大家都把一切罪恶归诸满人，以为只要把满人推倒，国事就有希望了。《新民丛报》《浙江潮》等杂志大受青年界的欢迎，报纸上的社论也大被注意阅读。那时恋爱尚未成为青年间的问题，出路的关心也不如现在的急切（因为读书人本来不大讲究出路），三四朋友聚谈，动辄就把话题移到革命上去，而所谓革命者，内容就只是排满，并没有现在的复杂。见了留学生从日本回来没有辫子，恨不得也去留学，可以把辫子剪去（当时普通人是不许剪辫子的）。见了花翎颜色顶子的官吏，就暗中憎恶，以为这是奴隶的装束。卢梭、罗兰夫人、马志尼等，都因了《新民丛报》的介绍，在我们的心胸里成了令人神往的理想人物。罗兰夫人的"自由，自由！天下几多罪恶假汝之名以行！"已成了摇笔即来的文章的套语了。

我在这样的空气中过了半年中学生活，第二学期又辍学了。这次辍学并非由于拿不出学费，乃是为了要代替父亲坐馆。父亲在一年来已在家授徒了，一则因邻近有许多小孩子要请人教书，二则父亲嫌家里房屋太大，住了太寂寞，于是在家里设起书塾来。来读的是几个族里与邻家的小孩。中途忽然有一位朋友要找父亲去替他帮忙，为了友谊与家计，都非去不可。书馆是不能中途解散的，家里又无男子，很不放心，于是就叫我辍学代庖。功课当然是我所教得来的。学生不多，时间很有余暇，于是一壁教书，一壁仍行自修。家里人颇思叫我永继父职，就长此教书下去。本乡小学校新立，也邀我去充教习，但我总觉得于心不甘。

恰好有一个亲戚的长辈从日本留学法政回来，说日本如何如何地好，求学如何如何地便利。我对于日本留学梦想已久了，听了他的话，心乃愈动。父母并不大反对，只是经费无着，乃遍访亲友借贷，很费力地集了五百元，冒险赴日。

当时赴日留学成为一种风气。东京有一个宏文学院，就是专为中国留学生办的，普通科二年毕业，除教日语外，兼教中学课程。凡想进专门以上的学校的，大概都在那里预备。我因学费不足两年的用度，乃于最初数月请一日本人专教日文，中途插入宏文学院普通科去。总算我的自修有效，英算各科居然尚能衔接赶上。在那里将毕业的前二三月，东京高等工业学校招考了，我不待毕业就去跨考，结果幸而被录取。当时规定，入了官立专门学校就有官费的，而浙江因人多不能照办。我入高工后快将一年，就领不到官费，家中已为我负债不少，结果乃又不得不中途辍学回国，谋职糊口。我的中学时代就此结束了，那年我二十一岁。

总计我的中学时代，经过许多的周折，东补西凑，断续不成片断。我为了修得区区的中学课程，曾经过不少磨难，空费过长期的光阴。这种困苦的经验，当时不但我个人有过，实可谓是一般的情形。现在的中学生在这点上真足羡艳，真是幸福。

刊《中学生》第十六号，1931年6月

# 光复杂忆

武汉起义以后,各省纷纷响应,大都"兵不血刃"就转了向了。我们浙江的改换五色旗是十一月五日。那时我在杭州,事前曾有风声说就要发动。四日夜里尚毫不觉得有什么,次晨起来,知道已光复了,抚台已逃走。光复的痕迹,看得见的只有抚台衙门的焚烧的余烬,墙上贴着的都督汤寿潜的告示,和警察袖上缠着的白布条。街上的光景和旧历元旦很相像,商店大半把门闭着,行人很稀少。

一时流行的是剪辫。青年们都成了和尚。因为一向梳辫的缘故,梳的方向与发的本来方向不同,剃去以后每人头上有着白白的一圈,当时有一个名字,叫做奴隶圈。这时候最出风头的不消说是本来剪了发的留学生了。一般青年都恨不得头发快长起,掠成"西发"。老成拘谨些的人不敢就剪辫,或剪去一截,变成鸭屁股式。乡下农民最恋恋于辫发,有一时,警察手中拿了剪刀,硬要替行人剪发,结果乡下人不敢上城市来了。有的把辫子盘起来藏在帽里,可笑的事情不少。

当时尚未发明标语的宣传法,大家只在日用文件上表示些新气象。最初用黄帝纪元,第二年才称民国元年。在文字的写法上有好些变化,革命军的"军"大家都写作"軍","民"字写作"民",据说是革命军与人民出了头的意思。"國"字须写作"囻",据说是共和国以人民为主体的意思。

这风气直至民国四五年袁世凯要称帝时还存在着。朋友×君曾以"國"字为谜底作一灯谜云："有的说是民意，有的说是王心，不知这圈圈内是什么人。"國字旧略写作"国"。×君的灯谜是暗射当时的时事的。

"现在是民国时代了，什么花样都玩得出来！如果在前清是……"光复后不到几年，常从顽固的老年人口中听到这样的叹息。记得在光复当时，人心是非常兴奋的。一般人，尤其是青年，都认中国的衰弱，罪在满洲政府的腐败，只要满洲人一倒，就什么都有办法。辫子初剪去的时候，我们青年朋友间都互相策励，存心做一个新国民。对时代抱着很大的希望。就我个人说，也许是年龄上的关系吧，当时的心情比十六年欢迎党军莅境似乎兴奋得多。宋教仁的被暗杀，记得是我幼稚素朴的心上第一次所感到的幻灭。

光复初年的双十节不像现在的冷淡，各地都有热烈的庆祝。我在杭州曾参加过全城学界提灯会，提了"国庆纪念"的高灯，沿途去喊"中华民国万岁！"自六时起至十时才停脚，脚底走起了泡。这泡后来成了两个茧，至今还在我脚上。

刊《中学生》第三十八号，1933年10月

# 紧张气氛的回忆

前后约二十年的中学教师生活中，回忆起来自己觉得最像教师生活的，要算在××省×校担任舍监，和学生晨夕相共约七八年，尤其是最初的一二年。至于其余只任教课或在几校兼课的几年，跑来跑去简直松懈得近于帮闲。

我的最初担任舍监是自告奋勇的，其时是民国元年。那时学校习惯把人员截然划分为教员与职员两种，教书的是教员，管事务的是职员，教员只管自己教书，管理学生被认为是职员的责任。饭厅闹翻了，或是寄宿舍里出了什么乱子了，做教员的即使看见了，照例可"顾而之他"或袖手旁观，把责任委诸职员身上。而所谓职员者又有在事务所的与在寄宿舍的之分，各不相关。舍监一职，待遇甚低，其地位力量易为学生所轻视。狡黠的学生竟胆敢和舍监先生开玩笑，有时用粉笔在他的马褂上偷偷地画乌龟，或乘其不意把草圈套在他的瓜皮帽结子上。至于被学生赶跑，是不足为奇的。舍监在当时是一个屈辱的位置，做舍监的怕学生，对学生要讲感情。只要大家说"×先生和学生感情很好"，这就是漂亮的舍监。

有一次，×校舍监因为受不过学生的气，向校长辞职了，一时找不到相当的替人。我在×校教书，颇不满于这种情形，遂向校长自荐，去兼充了这个屈辱的职位。这职位的月薪记得当时是三十元。

我有一个朋友在第×中学做教员，因在风潮中被学生打了一记耳光，辞职后就抑郁病死了。我任舍监和这事的发生没有多日，心情激昂得很，以为真正要作教育事业须不怕打，或者竟须拚死，所以就职之初就抱定了硬干的决心：非校长免职或自觉不能胜任时决不走，不怕挨打，凡事讲合理与否，不讲感情。

×校有学生四百多人，其中年龄最大的和我相去只几岁。我在×校虽担任功课有年，实际只教一二班，差不多有十分之七八是不相识的。当时轻视舍监已成了风气，我新充舍监，最初曾受到种种的试炼。因为我是抱了不顾一切的决心去的，什么都不计较，凡事皆用坦率强硬的态度去对付，决不迁就。在饭厅中，如有学生远远地发出"嘘嘘"的鼓动风潮的暗号，我就立在凳子上去注视发"嘘嘘"之声的是谁？饭厅风潮要发动了，我就对学生说："你们试闹吧，我不怕。看你们闹出什么来。"人丛中有人喊"打"了，我就大胆地回答说："我不怕打，你来打吧。"学生无故请假外出，我必死不答应，宁愿与之争论一二小时才止。每晨起床铃一摇，我就到斋舍里去视察，如有睡着未起者，一一叫起。夜间在规定的自修时间内，如有人在喧扰，就去干涉制止，熄灯以后见有私点洋烛者，立刻赶进去把洋烛没收。我不记学生的过，有事不去告诉校长，只是自己用一张嘴和一副神情去直接应付。每日起得甚早，睡得甚迟，最初几天向教务处取了全体学生的相片来，一叠叠地摆在案上，像打扑克或认方块字似的一一翻动，以期认识学生的面貌名字及其年龄籍贯学历等等。

我在那时颇努力于自己的修养，读教育的论著，翻宋元明的性理书类，又搜集了许多关于青年的研究的东西来读。非星期日不出校门，除在教室授课的时间外，全部埋身于自己读书与对付学生之中。自己俨然以教育界的志士自期，而学生之间却与我以各种各样的绰号，据我所知道的，先后有"阎罗""鬼王""戆大""木瓜"几个，此外也许还有更不好听的，可是我不知道了。

我做舍监原是预备去挨打与拚命的，结果却并未遇到什么，一连做了七八年。到后来什么都很顺手，差不多可以"无为卧治"了。事隔多年，新就职时那种紧张的气氛，至今回忆起来还能大概在心中复现。遇到老学生们也常会大家谈起当时的旧事来，相对共笑。

刊《中学生》第四十二号，1934年2月

中国现代文学大师精品集丛书

# 我之于书

二十年来,我生活费中至少十分之一二是消耗在书上的。我的房子里比较贵重的东西就是书。

我一向没有对于任何问题作高深研究的野心,因之所买的书范围较广,宗教,艺术,文学,社会,哲学,历史,生物,各方面差不多都有一点。最多的是各国文学名著的译本,与本国古来的诗文集,别的门类只是些概论等类的入门书而已。

我不喜欢向别人或图书馆借书。借来的书,在我好像过不来瘾似的,必要是自己买的才满足。这也可谓是一种占有的欲望。买到了几册新书,一册一册地加盖藏书印记,我最感到快悦的是这时候。

书籍到了我的手里,我的习惯是先看序文,次看目录。页数不多的往往立刻通读,篇幅大的,只把正文任择一二章节略加翻阅,就插在书架上。除小说外,我少有全体读完的大部的书,只凭了购入当时的记忆,知道某册书是何种性质,其中大概有些什么可取的材料而已。什么书在什么时候再去读再去翻,连我自己也无把握,完全要看一个时期一个时期的兴趣。关于这事,我常自比为古时的皇帝,而把插在架上的书譬诸列屋而居的宫女。

我虽爱买书,而对于书却不甚爱惜。读书的时候,常在书上把我所认

夏丏尊精品集

为要紧的处所标出。线装书大概用笔加圈,洋装书竟用红铅笔划粗粗的线。经我看过的书,统体干净的很少。

　　据说,任何爱吃糖果的人,只要叫他到糖果铺中去做事,见了糖果就会生厌。自我入书店以后,对于书的贪念也已消除了不少了,可是仍不免要故态复萌,想买这种,想买那种。这大概因为糖果要用嘴去吃,摆存毫无意义,而书则可以买了不看,任其只管插在架上的缘故吧。

　　　　　　　　　　刊《中学生》第三十九号,1933年11月

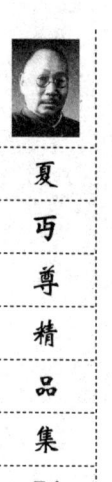

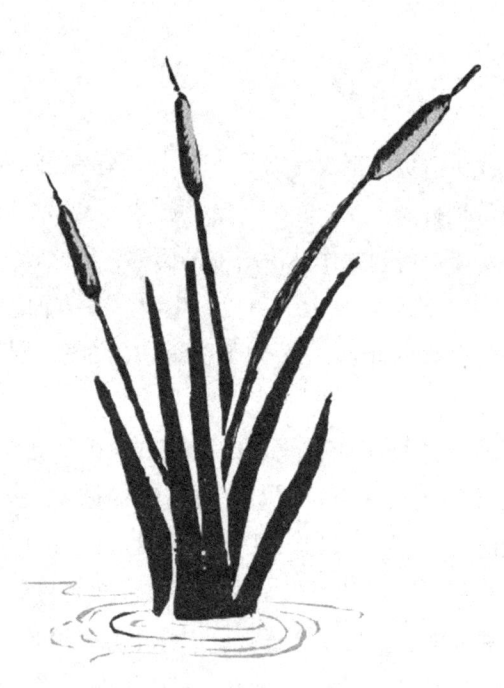

中国现代文学大师精品集丛书

# 白马湖之冬

在我过去四十余年的生涯中，冬的情味尝得最深刻的，要算十年前初移居白马湖的时候了。十年以来，白马湖已成了一个小村落，当我移居的时候，还是一片荒野。春晖中学的新建筑巍然矗立于湖的那一面，湖的这一面的山脚下是小小的几间新平屋，住着我和刘君心如两家。此外两三里内没有人烟。一家人于阴历十一月下旬从热闹的杭州移居这荒凉的山野，宛如投身于极带中。

那里的风，差不多日日有的，呼呼作响，好像虎吼。屋宇虽系新建，构造却极粗率，风从门窗隙缝中来，分外尖削，把门缝窗隙厚厚地用纸糊了，椽缝中却仍有透入。风刮得厉害的时候，天未夜就把大门关上，全家吃毕夜饭即睡入被窝里，静听寒风的怒号，湖水的澎湃。靠山的小后轩，算是我的书斋，在全屋子中风最少的一间，我常把头上的罗宋帽拉得低低地，在洋灯下工作至夜深。松涛如吼，霜月当窗，饥鼠吱吱在承尘上奔窜。我于这种时候深感到萧瑟的诗趣，常独自拨划着炉灰，不肯就睡，把自己拟诸山水画中的人物，作种种幽邈的遐想。

现在白马湖到处都是树木了，当时尚一株树木都未种。月亮与太阳都是整个儿的，从上山起直要照到下山为止。太阳好的时候，只要不刮风，那真和暖得不像冬天。一家人都坐在庭间曝日，甚至于吃午饭也在屋外，

夏丏尊精品集

像夏天的晚饭一样。日光晒到哪里,就把椅凳移到哪里,忽然寒风来了,只好逃难似地各自带了椅凳逃入室中,急急把门关上。在平常的日子,风来大概在下午快要傍晚的时候,半夜即息。至于大风寒,那是整日夜狂吼,要二三日才止的。最严寒的几天,泥地看去惨白如水门汀,山色冻得发紫而黯,湖波泛深蓝色。

下雪原是我所不憎厌的,下雪的日子,室内分外明亮,晚上差不多不用燃灯。远山积雪足供半个月的观看,举头即可从窗中望见。可是究竟是南方,每冬下雪不过一二次。我在那里所日常领略的冬的情味,几乎都从风来。白马湖的所以多风,可以说有着地理上的原因。那里环湖都是山,而北首却有一个半里阔的空隙,好似故意张了袋口欢迎风来的样子。白马湖的山水和普通的风景地相差不远,唯有风却与别的地方不同。风的多和大,凡是到过那里的人都知道的。风在冬季的感觉中,自古占着重要的因素,而白马湖的风尤其特别。

现在,一家僦居上海多日了,偶然于夜深人静时听到风声,大家就要提起白马湖来,说"白马湖不知今夜又刮得怎样厉害哩!"

刊《中学生》第四十号,1933年12月

# 两个家

"呀,你几时出来的?夫人和孩子们也都来了吗?前星期我打电话到公司去找你,才知道你因老太太的病,忽然变卦,又赶回去了,隔了一日,就接到你寄来的报丧条子。你今年总算够受苦了,从五月初上你老太太生病起,匆匆地回去,匆匆地出来,据我知道的就有四五次。这样大旱的天气,而且又带了家眷和小孩,光只川费一项也就可观了吧。"

"唉,真是一言难尽!这回赶得着送老太太的终,几次奔波还算是有意义的。"

"老太太的后事,想大致舒齐了吧。"

"哪里!到了乡间,就有乡间的排场,回神唎,二七唎,五七唎,七七唎,都非有举动不可。我想不举动,亲戚本家都不答应。这次头七出殡,间壁的二伯父就不以为然,说不该如是草草。家里事情正多哩,公司里好几次写快信来催。我只好把家眷留在家里,独自先来,隔几天再赶回去。"

"那么还要奔波好几趟呢。唉!像我们这样在故乡有老家的人,不好吃都市饭,最好是回去捏锄头。我们现在都有两个家,一个家在都市里,是亭子间或是客堂楼、厢房间,住着的是自己夫妇和男女。一个家在故乡,是几开间几进的房子,住着的是年老的祖父祖母,父母和未成年弟妹。因为家有两个的缘故,就有许多无谓的苦痛要受。像你这回的奔波,就是其

中之一啊。"

"奔波还是小事，我心里最不安的，是没有好好地尽过服侍的责任。老太太病了这几个月，我在她床边的日子合计起来不满一个星期。在公司里每日盼望家信，也何尝不刻刻把心放在她身上，可是于她有什么用呢？"

"这就是家有两个的矛盾了。我们日常不知因此而发生多少的矛盾。譬如说：我和你是亲戚，照礼，老太太病了，我应该去探望，故了，应该去送殓送殡，可是我都无法去尽这种礼。又譬如说：上坟扫墓是我们中国的牢不可破的旧礼法，一个坟头如果每年没有子孙去祭扫。就连坟头都要被人看不起的。我已有好几年不去扫墓了。去年也曾想去，终于因为离不开身，没有去成。我把家眷搬到都市里已十多年了，最初搬家的原因是因为没有饭吃，办事的地方没有屋住。当时我父母还在世，也赞同我把妻儿带在身边住，不过背后不免有'养儿子是假的'的叹息。我也曾屡次想接老父老母出来同居，一则因为都市里房价太贵，负担不起，而且都市的房子也不适宜于老年人居住，二则因为家里有许多房子和东西，也不好弃了不管，终于没有实行。迁延复迁延，过了几年，本来有子有孙的老父老母先后都在寂寞的乡居生活中故世了。你现在的情形，和我当日一样。"

"老太太在日，我每年总要带了妻儿回去一次。她见我们回去就非常快乐，足见我们不在她身边的时候是寂寞不快的。现在老太太死了，我越想越觉得难过。"

"像我们这种人，原不是孝子，即使想做孝子，也不能够。如果用了'晨昏定省''汤药亲尝'等等的形式规矩来责备，我们都犯了不孝之罪。岂但孝呢，悌也无法实行。我常想，中国从前的一切习惯制度都是农业社会的产物，我们生活在近代工商社会的人，要如法奉行是很困难的。大家以农为业，父母子女兄弟天天在一处过活，对父母可以晨昏定省，可以汤药亲尝，对兄弟可以出入必同行，对长者可以有事服其劳，扫墓不必花川资，向公司告假。如果是士大夫，那么有一定的年俸，父母死了还可以三年不做事，一心住在家里读礼守制。可是我们已经不能一一照做。一方面这种农业社会的习惯制度，还遗存着势力，如果不照做，别人可以责备，自己有时也觉得过不去。矛盾，苦痛，就从此发生了。"

"你说得对！我们现在有两个家，在都市里的家是工商社会性质的，在

故乡的家是农业社会性质的。我在故乡的家还是新屋,是父亲去世前一年造的。父亲自己是个商人,我出了学校他又不叫我学种田,不知为什么要花了许多钱在乡间造那么大的房子。如果当时造在都市里,那么就是小小的一二间也好,至少我可以和老太太住在一处,不必再住那样狭隘的客堂楼了。"

"我家里的房子是祖父造的,祖父也不曾种田。——过去的事,有什么可说的呢?现在不是还有许多人从都市里发了财,在故乡造大房子吗?由社会的矛盾而来的苦痛,是各方面都受到的,并非一方受了苦痛,一方会得什么利益。你因觉得到对老太太未曾尽孝养之道,心里不安,老太太病中见了你因她的病几次奔波回去,心里也不会爽快吧。你住在都市中的客堂楼上嫌憎不舒服,而老太太死后,那所巨大的空房子恐怕也处置很困难吧。这都是社会的矛盾。我们生在这过渡时代,恰如处在夹墙之中,到处都免不掉要碰壁的。"

"老太太死后,我一时颇想把房子出卖。一则恐怕乡间没有人会承受,凡是买得起这样房子的人自己本有房子,而且也是空着在那里。一则对于上代也觉得过意不去,父亲造这房子颇费了心血,老太太才故世,我就把它卖了,似乎于心不忍。"

"这就是所谓矛盾了。要卖房子,没有人会买;想卖,又觉得于心不忍。这不是矛盾的是什么?"

"那么你以为该怎么办?"

"我也不知道怎么办才好。你知道我自己也不会把故乡的房子卖去,我只说这是矛盾而已。感到这种矛盾的苦痛的人,恐不止你我吧。"

刊《中学生》第五十号,1934年12月

中国现代文学大师精品集丛书

# 试 炼

夏丏尊精品集

搬家到这里来以后,才知道附近有两所屠场。一所是大规模的西洋建筑,离我所住地方较远,据说所屠杀的大部分是牛。偶尔经过那地方,除有时在近旁见到一车一车的血淋淋的牛肉或带毛的牛皮外,听不到什么恶声,也闻不到什么恶臭。还有一所是旧式的棚屋,所屠杀的大部分是猪。棚屋对河一条路是我出去回来常要经过的,白天看见一群群的猪被拷押着走过,闻着一股臭气,晚间听到凄惨的叫声。

我尚未戒肉食,平日吃牛肉,也吃猪肉,但见到血淋淋的整车的新从屠场运出来的牛体,听到一阵阵的猪的绝命时的惨叫,总觉得有些难当。牛肉车不是日日碰到的,有时远远地见到了就俯下了头管自己走路让它通过,至于猪的惨叫是所谓"夜半屠门声",发作必在夜静人定以后。我日里有板定的工作,探访酬酢及私务处理都必在夜间,平均一星期有三四日不在家里吃夜饭,回家来往往要到十点至十一点模样。有时坐洋车,有时乘电车到附近下车再步行,总之都不免听到这夜半的屠门声。

在离那儿数十步的地方已隐隐听到猪叫了。同时有好几只猪在叫,突然来一个尖利的曳长的声音,这不消说是一只猪绝命了的表出。不多时继续地又是这么尖利的一声。我坐在洋车上不禁要用手掩住耳朵,步行时总是疾速快走,但愿这声音快些离开我的听觉范围,不敢再去联想什么,想

象什么。到了听不见声音的地方才把心放下，那情形宛如从恶梦里醒来一样。

为要避免这苦痛，我曾想减少夜间外出的次数，或到九点钟模样就回家来。可是事实常不许这样。尤其是废历年关的几天，我外出的机会更多了，屠场的屠杀也愈增加了，甚至于白天经过，也要听到悲惨的叫声。

"世界是这样，消极地逃避是不可能的。你方才不是吃了猪肉吗？那么为什么听到了杀猪就如此害怕？古来有志的名人为了要锻炼胆力，曾有故意到刑场去看行刑的事。现在到处有天灾人祸，世界大战又危机日迫，你如果连杀猪都要害怕，将来到了流血成河、杀人盈野的时候怎样？要改革现社会，就得先有和现社会罪恶对面的勇气。你如果能把猪的绝命的叫声老实谛听，或实地去参观杀猪的情形，也许因此会发起真正的慈悲心来，废止肉食。假惺惺的行为，毕竟只是对自己的欺骗，不是好汉的气概！"有一天，在亲戚家里吃了年夜饭回来，我曾这样地在电车中自语。

下了电车，走近河边，照例就隐约地有猪叫声到耳朵里来了。棚屋中的灯光隔河望去特别地亮，还夹入着热蓬蓬的烟雾。我抱了方才的决心步行着故意去听，总觉得有些难耐。及接连听到那几声尖利的惨叫，不由自主地又把两耳掩住了。

刊《中学生》第五十三号，1935年3月

# 寄 意

我是《中学生》创办人之一,从创刊号至七十六期止,始终主持着编辑等社务。所以在我,本志好比一个亲自生育、亲手养大的儿女。

一九三七年八一三战事起后不多日,在校印中的本志七十七期随同上海梧州路开明书店总厂化为灰烬。嗣后社中同人流离星散,本志也就在上海失去了踪影。

两年以后,我在上海闻知开明同人已在内地取得联络,获得据点,本志也由原编辑人叶圣陶先生主持复刊了。这消息很使我快慰,好比闻知战乱中失散的儿女在他乡无恙一般。——实际上,我真有一个女儿随叶圣陶先生一家辗转流亡到了内地的。从此以后,遇到从内地来的人,就打听本志在内地的情形。两地相隔遥远,邮信或断或续,印刷品寄递尤不容易。偶然从来信中得到剪寄的本志文字一二篇,就同远人的照片一样,形影虽然模糊,也值得珍重相看。

直至胜利到来,才见到整册的复刊本志若干期。嗣后逐期将在上海重印出版。上海不见本志,已有八个多年头,一般在上海的老读者见了不知将怎样高兴。

我曾为本志写过许多稿子。可是在内地复刊以后,因为邮递不便,和个人生活不安,心情苦闷等种种原因,效力之处很少。记得只寄过一篇译稿。我的名字已和读者生疏了。从今以后,愿继续为本志执笔。近来我正病着,如果健康允许的话,一定要多写些值得给读者看的东西。

刊《中学生》第一百七十一期,1946年1月

# 序跋与评论

# 《晚晴山房书简》序

弘一大师入灭后，福建永春李芳远君辑师书牍若干通，寄稿至沪，嘱为刊行。顾所收不多，未足成集。年来多方征求搜罗，益以已所旧藏，其量已远倍于李君所辑。世方多难，散失堪虞，因排百难而使之成书。斯编所收，皆师出家后所作。师为一代僧宝，梵行卓绝，以身体道，不为戏论。书简即其生活之实录。举凡师之风格及待人接物之状况，可于此仿佛得之。故有见必录，虽事涉琐屑者，亦不忍割爱焉。师别署甚多，五十以后，喜用晚晴称号，常自署曰晚晴沙门或晚晴老人。颜其白马湖之精舍曰晚晴山房。乱后乡村不宁，山房无人居守，门窗砖瓦被盗垂尽，闻将成废墟矣。斯编名曰晚晴山房书简，不特从师夙好，亦将藉以为胜迹留一纪念也。编中书简，除余所藏者外，来自各方，助为缮写者同事丰君沧祥，郭君沈澄，朱君子如，及窦德清宗性姊弟，付刊者同事徐君调孚，校对者同事周君振甫，例得备书，以志功德。中华民国三十三年中秋夏丏尊识于上海寓舍师之画像前。

刊《晚晴山房书简》第一辑，1944年10月

# 读《清明前后》

不见茅盾氏已九年了。胜利以后,消息传来,说他的近作剧本《清明前后》在重庆上演,轰动一时,而十月十六日中央广播电台也设特别节目来介绍这剧本,说内容有毒素,叫看过的人自己反省一下,不要受愚,没有看过的不要去看。我被这些消息引起了趣味,纵不能亲眼看到舞台上的演出,至少想把剧本读一下。这期望抱得许久。等到上海版发行,就去买来,花了半日工夫把它一气读完。

故事并不复杂。本年清明前后,重庆发生了一件于国家不大名誉的事件,就是所谓黄金案。作者就以这轰动山城的事件为背景,来描写若干人物的行动。据他在《后记》中自己说明,是把当时某一天报上的新闻剪下来排列成一个记录,然后依据了这记录来动笔的。其中有青年失踪或被捕的事,有灾民涌到重庆来的事,工厂将倒闭的情形,小公务人员因挪用公款、买黄金投机被罚办的情形,一般薪水阶级因物价上涨而挣扎受苦的情形,高利贷盛行的情形,闻人要人在各方面活跃的情形,官界商界互相勾结的情形。作者把这许多形形色色的事件写成一部剧本,将主题放在工业的现状与出路上面,叫工业家林永清夫妇做了剧中的男女主人公,暴露出本年清明前后重庆的政治经济及社会民生各方面的状况。如果说这剧本有毒素的话,那么就在暴露一点上,此外似乎并没有什么。

剧本的主题是工业的现状与出路。而作者对于出路，只在末幕用寥寥几句话表出，认为"政治不民主，工业就没有出路"，其全部气力，倒倾注于现状的描写上。更新铁工厂主总经理林永清，于"八一三"战时依照政府国策辛辛苦苦把全部工厂设备与工人搬到重庆，经营了许多年，结果落了亏空，借重利债款至二千万元之多。为要苟延工厂的命脉，不惜牺牲了平生洁白的工业志愿，竟想向某财阀借一笔新借款来试作黄金投机，结果偷鸡不着蚀了一把米。这里所表现的是金融资本压倒实业资本的情形。中国有金融资本家而没有实业资本家，工业的不能繁荣，关键全在于此。战前这样，战时越加这样。中国资本家不肯让资本呆在一处，他们有时虽也将资金投在实业机关中，但只是借款，不愿作为股本。他们宁愿买黄金、外汇、公债、地产、货物或热门股票，因为这些东西日日有市面，可以获利了就脱手，把资金卷而怀之，不像工厂中的机器、设备、原料、制品与未成品等，脱手不易，搬动困难。用十万万元的资金来办工厂，可以有出品，可以养活几百个职工，然而他们不肯这样做。他们宁愿保持流动资金，借此来盘放做买卖，一间写字间，一只电话，用几个亲戚和人办理业务，无罢工的威胁，政府无从向他们收捐税，多么自由干脆。他们的放款都是高利短期，六个月一比，或三个月一比。在战时甚至一日一比，即所谓"几角钱过夜"的就是。工业界为了要发展事业，需要流动资金是必然的。为了求得流动资金之故，办工业者不得不分心于人事关系上，不得不屈伏于拥资者的苛刻条件。结果把全部工厂的管理权交到金融资本家手中去。金融资本家在中国一向是经济界的骄子。此中情形，作者看得很明白，过去的作品如《子夜》中所写的是战前的状况。比较起来，后者酷虐的情形愈明显愈加凶罢了。

剧本中有一个特点，每幕于登场人物的姓名下都附有一段详细叙述，好像一篇小传。作者在《后记》中说："正像人家把散文分行写了便以为是诗一样，我把小说的对话部分加强了便亦自以为是剧本了。而'说明'之多，亦充分指出了我之没有办法。"作者写小说是老手，写剧本还是初试，本剧是他的处女作。他这句话是老老实实的自白，并非自谦之词。他自嫌"说明"太多，替每个登场人物叙述身世，当然也是"说明"之一种。我觉得对于读者，这种小传式的叙述大有用处，我于阅读时曾得到许多帮助。

那素性刚强而有决断的女主人公赵自芳，怎样会变成胸襟狭仄、敏感而神经质的人；精明强干的林永清，怎样会销损志气，落到诱惑的陷阱中去；一向老实谨慎的李维勤，怎样会在某种诱惑之下去冒险，走错了路；他的妻唐文君，素性容易和人亲近，怎样在残酷的磨折之下变成了孤僻畏葸而忧郁的性格；富有热情的黄梦英，怎样会把热情潜藏起来，用笑声来发挥玩世的态度，睥睨一切：小传中都有理由可寻。环境决定性格，看了剧中几个好人在目前的现实环境之中被转变的情形，真堪浩叹。

剧中对话句句经过锤炼，无一句草率。有几处似乎因为锤炼得太过度，反使读者不易理会，至少上演时会叫观众听了不懂。例如第四幕中严干臣宅宴会时，黄梦英把本可赢钱的一副纸牌丢弃了，反自认为输与财阀金淡庵，跑出客厅来与其所尊敬的陈克明教授（黄梦英的爱人乔张之师）谈话里有一段道：（删去动作与表情的说明）

黄：嗳，陈教授，有一句古老话，赌钱的时候，一个人会露出本相来。您觉得这句话怎样……也许您有点儿诧异吧，刚才那副牌明明是我赢的，干么我反倒自认为输了？

陈：有一点。然而程度上还不及那个方科长。

黄：哦，怎么，那个——方科长之类猜到了该是我赢的牌么？

陈：不是猜到。您把您的牌给我看的时候，他就站在我背后。可是梦英，我记得也还有一句古老话：不义之财，取之不伤廉。

黄：那么，陈先生，照您看来，我这一手，难道有什么深刻的意义么？……没有。好玩儿罢了。

这几行是容易看懂听懂的，没有什么。试再看下面：

陈：梦英！你不应当对我这样不坦白？……梦英！我好像到了一个阴森森的山谷，夕阳的最后一抹红光还留在最高的山峰上，可是乌黑的云阵也从四面八方围拢来了！……我有预感，一个可怕的大风暴，就要封锁了那山谷，我好像已经听见了呼呼的风声，隆隆的雷响！……我还想起了不多几天前我得的一个梦：从汪洋大海，

万顷碧波中，飞出来了一条龙，对，一条龙，飞到半空，忽然跌下，掉在泥潭里，不能翻身，蚊子苍蝇都来嘲笑它，泥鳅也来戏弄它，而它呢，除非一天天变小，变得跟泥鳅一般，就只有牺牲了性命。梦英！我当真替它担心！

黄：陈先生，您那个梦，不能成为事实！……您自然也不会不了解，有一种人。自己没有病！倒是天天在那里发愁，看见了真有病的人反以为没关系。另外有一种人可巧完全相反。——他不担心自己。因为自己的健康如何，他知道的更清楚些。

陈：可是，您也不要忘记那句格言：旁观者清。

黄：教授，您是一位很现实的人，请您忘记了什么龙，——对，龙是困在泥潭中，可是，只要它还没变小，还有一口气，龙之所以为龙，也还不可知呢。陈教授，让我请您记起一个人！一个青年，大眼睛的青年，血气太旺。心太好的一个年青人！

陈：啊！乔张！有了下落么？三天四天前有人告诉我——可是，梦英，您没有得到恶劣的消息吧？

黄：不太坏，也不太好。要是只从一边儿想啊，甚至可以说，有这么七分希望。然而，乔张要是知道了如何取得这七分的希望，他一定要不理我了。

陈：〔指室内〕是不是他——

黄：当然他这妄想，搁在心里，并不是一朝一夕的事了。可是为了乔张，倒给他一个正面表示的机会。刚才他对我说，下落，已经打听到了，办法，也不是没有，不过，万事俱全，单要一样药引子——

陈：哼，乘机要挟，太无耻了！

黄：陈教授，你没有听见过说竟想用龙肉来做药引子吧。即使是困在泥潭里的一条龙呵！陈教授，您现在也许要说，即使像刚才那副牌这样的不义之财，我干脆一脚踢开，也是十二分应该的吧？

这段对话非常含蓄，富有暗示性，细心的读者可以从这里面得到种种的事情，黄梦英为了营救失踪或被捕的乔张，怎样在交际场中厮混，虚与

委蛇,金淡庵追逐她至怎样程度,而陈克明教授怎样爱护期待她,怎样替她担心,作者都用譬喻来表达。锤炼之工,真可佩服。但在舞台上演出时,一般并未读过登场人物的小传的观众,听了这些暗示性譬喻式的对话,是否能懂得其所以然,就大大地是一个疑问了。我以为,这部剧本,是一部好的读物,犹之乎一部好的小说。观众在看剧以前,最好先把剧本阅读一过。

  本剧是作者的处女作,以剧的技巧论,当只有可指摘之处,至于主旨的正确与反映现实的手腕,是值得敬服的。作者今年五十岁,叶圣陶氏作七律一首为寿,腹联二句是:

    待旦何时嗟子夜　　驻春有愿惜清明

  把《子夜》与本剧相对。《子夜》是作者小说中的大作,我们也希望作者从五十岁来划一个时期,于小说以外兼写剧本,有更完成的巨著出现。

刊《文坛月报》创刊号,1946年1月

# 怀人集

中国现代文学大师精品集丛书

# 白 采

夏丏尊精品集

我的认识白采,始于去年秋季立达学园开课时。在那学期中,我隔周由宁波到上海江湾兼课一次,每次总和他见面,可是因为来去都是匆匆,且不住在学园里的缘故,除在事务室普通谈话外,并无深谈的机会。只知道他叫白采,曾发表过若干诗和小说,是一个在学园中帮忙教课的人而已。

年假中,白采就了厦门集美的聘,不复在立达帮忙了。立达教师都是义务职,同人当然无法强留他,我到立达已不再看见他了。过了若干时,闻同人说他从集美来了一封很恳切的信,且寄了五十块钱给学园,说是帮助学园的。我听了不觉为之心动。觉得是一个难得的人。这是我在人品上认识白采的开始。

白采的小说。我在未面识他以前也曾在报上及杂志上散见过若干篇,印象比较地深些的,记得只是《归来的磁观音》一篇而已。至于他的诗集,虽曾也在书肆店头见到,可是一见了那惨绿色的封面和丧讣似的粗轮廓线,就使我不快,终于未曾取读。不知犯了什么因果,我自来缺少诗的理解力和鉴赏力,特别是新诗。旧友中如刘大白朱佩弦都是能诗的,他们都有诗集送我,也不大去读,读了也不大发生共鸣。普通出版物上遇到诗的部分,也往往只胡乱翻过就算。白采的诗被我所忽视,也是当然的事了。一月前,

佩弦由北京回白马湖，我为《一般》向他索文艺批评的稿子，他提出白采的诗来，说白采是现代国内少见的诗人，且取出那惨绿色封面有丧讣式的轮廓的诗集来叫我看。我勉强地看了一遍，觉得大有不可蔑视的所在，深悔从前自己的妄断。这是我在作品上认识白采的开始。

过了几天，为筹备《一般》创刊号来到上海，闻白采不久将来上海的消息，大喜。一是想请他替《一般》撰些东西，二是想和他深谈亲近，弥补前时"交臂失之"的缺憾。哪里知道日日盼望他到，而他竟病殁在离沪埠只三四小时行程的船上了！

从遗箧中发见许多关于他一生的重要物件，有家庭间财产上争执的函件，婚姻上纠纷的文证，还有恋人们送给他为表记的赭色黑色或直或卷的各种头发。最多的就是遗稿。各种各样的本子，叠起来高可盈尺，有诗，有词，有笔记，有诗剧。近来文人忙于发表，死后有遗稿的已不多见，有这许多遗稿的恐更是绝无仅有的了。我在这点上，不禁佩服他的伟大。

披览遗稿时，我所最难堪的是其自题诗集卷端的一首小诗。

> 我能有——
> 作诗时，不顾指摘的勇气，
> 也能有——
> 诗成后，求受指摘的虚心！
> 但是，
> 不知你有否一读的诚意？

惭愧啊！我以前曾蔑视一般的所谓诗，蔑视他的诗，竟未曾有过"一读的诚意"！他这小诗，不啻在骂我，责我对他不起，唉！我委实对他不起了！

我认识白采在半年以前，而真觉得认识白采却在别后的这半年——不，且在他死后。今后在遗稿上及其他种种机会上，对于他的认识，也许会加深加广。可是，我认识他，而他早死了！

刊《一般》第二号，1926年10月

# 对了米莱的《晚钟》

米莱的《晚钟》在西洋名画中是我所最爱好的一幅，十余年来常把它悬在座右，独坐时偶一举目，辄为神往，虽然所悬的只是复制的印刷品。

苍茫暮色中，田野尽处隐隐地耸着教会的钟楼，男女二人拱手俯首作祈祷状，面前摆着盛了薯的篮笼、锄铲及载着谷物袋的羊角车。令人想象到农家夫妇田作已完，随着教会的钟声正在晚祷了预备回去的光景。

我对于米莱的艰苦卓绝的人格与高妙的技巧，不消说原是崇拜的；他的作品多农民题材，画面成戏剧的表现，尤其使我佩服。同是他的名作如《拾落穗》，如《第一步》，如《种葡萄者》等等，我虽也觉得好，不知什么缘故总不及《晚钟》能吸引我，使我神往。

我常自己剖析我所以酷爱这画，这画所以能吸引我的理由，至最近才得了一个解释。

画的鉴赏法原有种种阶段，高明的看布局调子笔法等等，俗人却往往执着于题材。譬如在中国画里，俗人所要的是题着"华封三祝"的竹子，或是题着"富贵图"的牡丹，而竹子与牡丹的画得好与不好是不管的。内行人却就画论画，不计其内容是什么，竹子也好，芦苇也好，牡丹也好，秋海棠也好，只从笔法神韵等去讲究，去鉴赏。米莱的《晚钟》在笔法上当然是无可批评了的。例如画地是一件至难的事，这作品中的地的平远，是近代画中的典型，凡是能看画的都知道的。这作品的技巧可从各方面说，如布局色彩等等，但我之所以酷爱这作品却不仅在技巧上，倒还是在其题材上。用题材来观画虽是俗人之事，我在这里却愿作俗人而不辞。

　　米莱把这画名曰《晚钟》，那么题材不消说是有关于信仰了，所画的是耕作的男女，就暗示着劳动；又，这一对男女一望而知为协同的夫妇，故并暗示着恋爱。信仰，劳动，恋爱，米莱把这人间生活的三要素在这作品中用了演剧的舞台面式展示着。我以为，我敢自承，我所以酷爱这画的理由在此。这三种要素的调和融合，是人生的理想。我的每次对了这画神往者，并非在憧憬于画，只是在憧憬于这理想。不是这画在吸引我，是这理想在吸引我。

　　信仰，劳动，恋爱，这三者融和一致的生活才是我们的理想生活。信仰的对象是宗教。关于宗教原也有许多想说的话，可是宗教现在正在倒霉的当儿，有的主张以美学取而代之，有的主张直截了当地打倒。为避免麻烦计，姑且不去讲他，单就劳动与恋爱来谈谈吧。

　　劳动与恋爱的一致，是一切男女的理想，是两性间一切问题的归趋。特别地在现在的女性，是解除一切纠纷的锁钥。

　　"不劳动者不得食"，这虽是共产党的话，确是人间生活无可逃免的铁一般的准则。无论男女。女性地位的下降实由于生活不能独立，普通的结婚生活，在女性都含有屈辱性与依赖性。在现今，这屈辱与依赖与阶级的高下成为反比例。因为，下层阶级的妇女不像太太地可以安居坐食，结果除了做性交机器以外，虽然并不情愿，还须帮同丈夫操作，所以在家庭里的地位较上流或中流的妇女为高。我们到乡野去，随处都可见到合力操作的夫妇，而在都会街上除了在黎明和黄昏见到上工厂去的女工外，日中却触目但见着旗袍穿高跟皮鞋的太太们姨太太们或候补太太们与候补姨太太们！

　　不消说，下层妇女的结婚在现今也和上流中流阶级的妇女一样，大概不由于恋爱，是由于强迫或买卖的。不，下层妇女的结婚其为强迫的或买卖的，比之上流中流社会更来得露骨。她们虽帮同丈夫在田野或家庭操作，未必就成米莱的画材。但我相信，如果她们一旦在恋爱上觉醒了，她们的营恋爱生活，要比上流中流的妇女容易得多，基础牢固得多，不管上流中流的女性识得字，能读恋爱论，能谈恋爱，能讲社交。

　　但看娜拉吧，娜拉是近代妇女觉醒第一声的刺激，凡是新女子差不多都以娜拉自命。但我们试看未觉醒以前的娜拉是怎样的？她购买圣诞节的物品超过了预算，丈夫赫尔茂责她：

"这样浪费是不行的!"

"真真有限哩,不行?你不是立刻就可以有大收入了吗?"

"那要新年才开始,现在还未哩!"

"不要紧,到要时不是再可以借的吗?"

"你真太不留意!如果今日借了一千法郎在圣诞节这几日中用尽了,到新年的第一日,屋顶跌下一块瓦来,落在我头上把我磕死了……"

"不要说这吓死人的不祥语。"

"喏,万一真有了这样的事,那时怎样?"

赫尔茂这样诘问下去,娜拉也终于弄到悄然无言了。赫尔茂倒不忍起来,重新取出钱来讨她的好,于是娜拉也就在"我的小鸟"唎,"小栗鼠"唎的玩弄的爱呼声中,继续那平凡而安乐的家庭生活。这就是觉醒前的娜拉的正体。及觉醒了,离家出走了,剧也就此终结。娜拉出家以后的情形是值得我们思索的。于是,"娜拉仍回来吗?"终于成了有趣味的一个问题。鲁迅先生曾有过一篇《娜拉走后怎样》的文字。

觉醒后的娜拉,我们不知道其生活怎样,至于觉醒以前的娜拉,我们在上流中流的家庭中,在都会的街路上都可见到的。现在的上流中流阶级本是消费的阶级,而上流中流阶级的女性,更是消费阶级中的消费者。她们喜虚荣,思享乐。她们未觉醒的,不消说正在做"小鸟"做"栗鼠",觉醒的呢,也和觉醒后的娜拉一样,向哪里走还成为一个问题,还是一个费人猜度的谜。

上流中流阶级的女性,物质的地位无论怎样优越,其人格的地位实远逊于下层阶级的女性,而其生活也实在惨淡。她们常被文学家摄入作品里作为文学的悲惨题材。《娜拉》不必说了,此外如莫泊桑的《一生》,如佛罗倍尔的《波华荔夫人》,如托尔斯泰的《安娜卡列尼那》等都是。莫泊桑在《一生》所描写的是一个因了愚蠢兽欲的丈夫虚度了一生的女性,佛罗倍尔的《波华荔夫人》与托尔斯泰的《安娜卡列尼那》,其女主人公都是因追逐不义的享乐的恋爱而陷入自杀的末路的。她们的自杀不是壮烈的为情而死的自杀,只是一种惭愧的忏悔的做不来人了的自杀。前者固不能恋爱,后二者的恋爱也不是有底力的光明可贵的恋爱,只是一种以官能的享乐为目的的奸通而已。而她们都是安居于生活无忧的境遇里的女性。

在中国的历史上有一对我所佩服的恋爱男女，就是司马相如与卓文君。我不佩服他们别的，佩服他们的能以贵族出身而开酒店，男的着犊鼻裙，女的当垆。（虽然有人解释，他们的行为是想骗女家的钱。）我相信，男女要有这样刻苦的决心，然后可谈恋爱，特别地在女性。女性要在恋爱上有自由，有保障，非用劳动去换不可。未入恋爱未结婚的女性，因了有劳动能力，才可以排除种种生活上的荆棘，踏入恋爱的途程。已有了恋爱对手的女性，也因有了劳动的能力作现在或将来的保证。有了劳动自活的能力，然后对己可有真正恋爱不是卖淫的自信。

我所谓劳动者，并非定要像《晚钟》中的耕作或文君的当垆，凡是有益于社会的工作，不论是劳心的劳力的都可以。家政育儿当然也在其内。在这里所当连带考察的就是妇女职业问题了。

妇女的职业，其成为问题在机械工业勃兴家庭工业破坏以后。工业革命以来，下层阶级的农家妇女或可仍有工作，至于中流以上的妇女，除了从来的家庭杂务以外已无可做的工作。家庭杂务原是少不来的工作，尤其是育儿，在女性应该自诩的神圣的工作。可是家庭琐务是不生产的，因此在经济上，女性在两性间的正当的分业不被男性所承认，女性仅被认作男性的附赘物，女性亦不得不以附赘物自居，积久遂在精神上养成了依赖的习性，在境遇上落到屈辱的地位。

要想从这种屈辱解放，近代思想家曾指出绝端相反的两条路：一是教女性直接去从事家事育儿以外的劳动，与男性作经济的对抗；一是教女性自信家事育儿的神圣，高唱母性，使男性及社会在经济以外承认女性的价值。主张前者的是纪尔曼夫人，主张后者的是托尔斯泰与爱伦凯。

这两条绝端相反的道路，教女性走哪一条呢？真理往往在两极端之中，能调和两者而不使冲突，不消说是理想的了。近代职业有着破坏家庭的性质，无可讳言，但因了职业的种类与制度的改善，也未始不可补救于万一。妇女职业的范围应该从种种方向扩大，而关于妇女职业的制度，尤须大大地改善。职业的妨害母性，其故实由于职业不适于女性，并非女性不适于职业。现代的职业制度实在太坏，男性尚有许多地方不能忍受，何况女性呢？现今文明各国已有分娩前后若干周的休工的法令和日间幼儿依托所等的设施了，甚望能以此为起点，逐渐改善。

在都市中，每遇清晨及黄昏见到成群提了食筐上工场去的职业妇女，

中国现代文学大师精品集丛书

我不禁要为之一蹙额,记起托尔斯泰的叹息过的话来。但见到那正午才梳洗下午出外叉麻雀的太太或姨太太们,见到那向恋人请求补助学费的女学生们,或是见到那被丈夫遗弃了就走投无路的妇人们,更觉得愤慨,转而暗暗地替职业妇女叫胜利,替职业妇女祝福了。

体力劳动也好,心力劳动也好,家事劳动也好,在与母性无冲突的家外劳动也好,"不劳动者不得食",原是男女应该共守的原则。我对于女性,敢再妄补一句:"不劳动者不得爱!"

美国女作家阿利符修拉伊娜在其所著的书里有这样的一章:

我曾见到一个睡着的女性,人生到了她的枕旁,两手各执着赠物。一手所执的是"爱",一手所执的是"自由",叫女性自择一种。她想了许多时候,选了"自由"。于是人生说:"很好,你选了'自由'了。如果你说要取'爱',那我就把'爱'给了你,立刻走开永久不来了。可是,你却选了'自由',所以我还要重来。到重来的时候,要把两种赠物一齐带给你哩!"我听见她在睡中笑。

要爱,须先获得自由。女性在奴隶的境遇之中决无真爱可言。这原则原可从种种方面考察,不但物质的生活如此。女性要在物质的生活上脱去奴隶的境遇,获得自由,劳动实是唯一的手段。

爱与劳动的一致融合,真是希望的。男女都应以此为理想,这里只侧重于女性罢了。我希望有这么一天:女性能物质地不作男性的奴隶,在两性的爱上,铲尽那寄食的不良分子,实现出男女协同的生产与文化。

对了《晚钟》忽然联想到这种种。《晚钟》作于一八五九年,去今已快七十年了。近代劳动情形大异从前,米莱又是一个农民画家,编写当时乡村生活的,要叫现今男女都作《晚钟》的画中人,原是不能够的事。但当作爱与劳动融合一致的象征,是可以千古不朽的。

刊《新女性》第三十二号,1928年8月

中国现代文学大师精品集丛书

# 读诗偶感

夏丏尊精品集

数年前,经朱佩弦君的介绍,求到了黄晦闻(节)氏的字幅。黄氏是当代的诗家,我求他写字的目的,在想请他写些旧作,不料他所写的却不是自己的诗,是黄山谷的《戏赠米元章》二首。那诗如下:

　　万里风帆水着天。麝煤鼠尾过年年。沧江静夜虹贯月。定是米家书画船。
　　我有元晖古印章。印刓不忍与诸郎。虎儿笔力能扛鼎。教字元晖继阿章。

字是写得很苍劲古朴的,把它装裱好了挂在客堂间里,无事的时候,一个人看着读着玩。字看看倒有味,诗句读读却感到无意味,不久就厌倦了。把它收藏起来,换上别的画幅。

近来,听说黄氏逝世了,偶然念及,再把那张字幅拿出来挂上,重新看着读着玩。黄氏的字仍是有味的,而山谷的诗句仍感到无意味。于是我就去追求这诗对我无意味的原因。第一步,把平日读过的诗来背诵,发现我所记得的诗里面,有许多也是对我意味很少或竟是无意味的;再去把唐宋人的集子来随便翻，觉得对我无意味的东西竟着实不少。

文艺作品的有意味与无意味，理由当然不很简单，说法也许可以各人不同吧。我现在所觉到的只是一点，就是对我的生活可以发生交涉的，有意味否则就无意味。让我随便举出一首认为有意味的诗来，如李白的《静夜思》：

床前明月光，疑是地上霜。举头望明月，低头思故乡。

这首诗从小就记熟，觉得有意味，至今年纪大了，仍觉得有意味。第一，这里面没有用着一定的人名，任何人都可以做这首诗的主人公。"疑"，谁"疑"呢？你疑也好，我疑也好，他疑也好。"举头"，"望"，"低头"，"思"，这些动作，任凭张三李四来做都可以。诗句虽是千年以前的李白做的，至今任何人在类似的情景之下，都可以当作自己的创作来念。心中所感到的滋味，和作者李白当时所感到的可以差不多。第二，这里面用着不说煞的含蓄说法，只说"思故乡"，不加"恋念""悲哀"等等的限定语。为父母而思故乡也好，为恋人而思故乡也好，为战乱而思故乡也好，什么都可以。犹之数学公式中的 X，任凭你代入什么数字去都可适用。如果前人的文学作品可以当遗产的话，这类的作品的确可以叫做遗产的了。

再回头来读山谷的那两首诗：第一首是写米元章的船中书画生活的。米元章工书画，当时做着名叫"发运司"的官，长期在江淮间船上过活，船里带着许多书画，自称"米家书画船"。第二首是说要将自己所郑重珍藏的晋人谢元晖的印章赠与米元章的儿子虎儿（名友仁），说虎儿笔力好，可取字"元晖"，使用这印章，继承父业。这两首诗在山谷自己不消说是有意味的，因为发挥着对于友人的情感。在米元章父子也当然有意味，因为这诗为他们而作。但是对千年以后的我们发生什么交涉呢？我们不住在船中，又不会书画，也没有古印章，也没有"笔力能扛鼎"的儿子，所以读来读去，除了记得一件文人的故事和诗的平仄音节以外，毫不觉得有什么了。如果用遗产来作譬喻，李白《静夜思》是一张不记名的支票，谁拿到了都可支取使用，籴米买菜；山谷的《戏赠米元章二首》是一张记名的划线支票，非凭记着的那人不能支取，而这记着的那人却早已死去了。于是这张支票捏在我们手里，只好眼睛对它看看而已。

山谷的集子里当然也有对我们有意味的诗，李白的集子里也有对我们无意味的诗，上面所说的，只是我个人现在的选择见解。依据这见解把从来汗牛充栋的诗集文集词集来检验估价，被淘汰的东西将不知有若干；以前各种各样的选本，也不知该怎样翻案才好。这对于古人也许是一种忤逆，但为大众计，是应该的。我们对于前人留下来的文艺作品，要主张有读的权利，同时要主张有不读的自由。

刊《中学生》第五十五号，1935年5月

# 坪内逍遥

明治维新以后,日本的文化界现出长足的进步,这进步不能不归功于几个特志的先驱者。就文艺方面说,近代日本文艺史上,如果没有了高山樗牛、正冈子规、国木田独步、二叶亭四迷、坪内逍遥、夏目漱石、森鸥外等几个,日本的新文艺决没有今日的成果是可以断言的。这几个人在各方面给与青年以新刺激,树立了文艺上的各种新基础,可以说是日本文艺界的恩人。

在这几个人里面,坪内逍遥是死得最后的一个。他名雄藏,号逍遥,又号小羊;生于安政六年(一八五九),本年二月二十八日逝世,享年近八十岁。他原是一个政治科的大学生;因为平日多与小说接近,遂把趣味倾向到文学上去。日本当时离维新不久,各方面都有崇尚欧化的倾向,这时代的青年,尤其是大学生,皆以新文化的建设者自持,坪内氏是文艺革新的先驱者。

坪内氏的功绩,第一步是对于小说界的贡献。明治初期的日本小说有着两种倾向,一是封建时代残余下来的劝善惩恶的主旨,二是政治主张的宣传,即所谓政治小说。前者是他们模仿汉学的遗影,后者是当时维新的政治上变革的影响。坪内氏于学生时代耽读司各德、莎士比亚等的西洋作品,一壁试行写作,于明治十八年(一八八五)发表《当世书生气质》。这

是模仿了西洋小说写成的东西,和从来的日本小说大异其趣。里面所写的是八个求学的青年在首都东京过着奔放生活的情形,以维新后的新空气做着背景。这小说现在早已没人读了,技巧上也未脱旧小说的窠臼,可是在那时是划时代的作品。日本的写实风的小说,第一部就是这《当世书生气质》。

《当世书生气质》一时颇引起文坛的议论,同年,坪内氏又发表了一本《小说神髓》,主张小说的主眼在人情的描写,排斥从来劝善惩恶政治宣传的主义,并论及小说的起源、变迁及批评等等。这部书一方面是《当世书生气质》的解释,一方面又是指导小说的原理的东西。给后来的日本文坛,开了一条先路,在文学史上很是有名的。

坪内氏在《当世书生气质》以后,也曾写过好几篇小说,可是都不曾出名。把他的《小说神髓》里的主张应用在小说上而成功的,是二叶亭四迷。二叶亭四迷的《浮云》,出世比《小说神髓》稍后,是至今还有人喜读的小说,全体用现代语写,技巧远在《当世书生气质》以上。坪内氏见了《浮云》,就断念于小说的创作。他说:"有了二叶亭,我不必再从事于这方面了。"真可谓有自知之明的人。

他断念于小说以后,专心在戏剧上努力。他所作的剧本,第一部是明治二十九年出版的《桐一叶》,此外,如《孤城落日》、《牧者》、《义时的结局》、《名残星月夜》、《阿夏狂乱》、《良宽与保姆》等,都很有名。他所作的戏剧,大部分是所谓"新歌舞伎剧",立脚于史实,用日本传统的"歌舞伎剧"的方法表演。他在戏剧上的功绩在历史剧的确立和悲剧的开拓。他的埋头于莎士比亚的研究,目的就在这上面,因为莎士比亚的作品中有不少的史剧与悲剧。朗读法,言语术,是他最所关心的方面。据说,他在教室中对学生讲读莎士比亚剧本的时候,常用戏子在舞台上说白的口吻;与人杂谈,也往往会模仿某剧中某角色的调子。他对于新派剧演员的不讲究言语的工夫,很是不满,曾说:"戏剧是言语的艺术,言语的质、种类、调子都得选择。"他对于言语的苦心可见一斑了。

他被认为日本戏剧界的恩人,可是他所作的剧本,并没有全体上演。那最使他出名的《桐一叶》,排演也在发表后的十几年。因为新歌舞伎剧不比新剧,是需要特种的演员的。他的最可惊异的成功的工作,倒是莎士比

亚剧本的翻译。他的对于莎士比亚的造诣，不但在日本没有第二个，在全世界也是有数的人。因而他死去的时候，英国驻日本的公使曾亲往吊唁，在吊辞中盛称他对于英国文献的劳绩。他研究莎士比亚剧，差不多有五十年之久，翻译的剧本，几十年前早已陆续刊行了，只管订正，只管修改，到去年全部才有定本，由中央公论社出版。这与其说翻译，不如说是创作。原来，他是从事于新歌舞伎剧的，莎士比亚的剧本经他翻译，言语的调子已毫无英语色彩，全部成了日本新歌舞伎剧中的说白了。他所译的莎士比亚剧，可以由新歌舞伎的戏子演出，而于原文的意义却要力求不差，这是何等艰苦的事！

坪内氏不但是文学上有功的人，在教育上也值得记忆。他最初做过塾师，执过中学的教鞭，后来任早稻田大学教授数十年。他的塾徒，有丘浅次郎、长谷川如是闲等的名人。早稻田大学出身的学生里更有不少在各方面杰出的分子。

坪内氏在剧本以外还有几种著作，《小羊漫言》、《文学这时那时》、《英文学史》等较有名。最近出版的还有随笔集《枾的蒂》。他在热海有一个别庄，名叫双枾舍，《枾的蒂》盖由此命名的。

刊《中学生》五十六期，1935年6月

# 一个夏天的故事

　　这是希腊苏格拉底的轶事：苏格拉底曾当过兵，参与过战争。有一回，战后和许多兵士在旷野中行走，天气很热，大家已渴得难耐了。忽然在路旁发见一条小溪，清冽的水潺潺地流着。许多兵士都纷纷到溪边用手掬水，畅饮称快，苏格拉底却立着不去饮水。别的兵士奇怪了，问他："为什么有这样的好水不饮？"他回答说："我正渴得难耐，想试试自己的克己的工夫究有多少，预备忍耐到不渴为止。"

　　一年四季中，炎夏最为人所畏惧。一般人都把夏季看做灾难，要设法解消它，避免它，至于有"消夏""避暑"的名称。俗语说"过夏好比过难"。夏季的苦难原是很多的，容易生病咧，烈日如焚咧，蚊蚤叮咬咧，汗流浃背咧，热闷难熬咧，……历举起来，说也说不尽。这种苦难如果照上面所举的故事说来，都可以作为锻炼修养的机会，而且都是最切实没有的机会。苏格拉底在西洋被称为千古的圣人，他的奋斗修养当然是无时无地懈怠的，这故事中所告诉我们的只是某一个夏天的事，而且只是关于渴的一件事。如果类推开去，应用是可以很广的。我们原不一定希望成圣人，把这样的精神学得一二分也就受用不尽了。

　　"怎样过暑假？"少年们作的这类题目的文章是我所常常见到的。文章里面大都"一、二、三、四"地分了项目，说着许多过暑假的预备，读书

应该怎样,救国工作干些什么,修养该注意些什么,各人都定得井井有条。在我看来,这些大部分都不免是抽象的空言。最要紧的是"在事上磨炼"。苏格拉底的故事,是"在事上磨炼"的一个好例。

这故事是我多年前偶然在某一本书上见到的,对我印象很深,每到夏天,更记忆起来。我有生以来未曾尝过往庐山、莫干山避暑的幸福,自丢了教鞭改入工商界以后,连暑假的权利也早已没有了。每当苦热难耐的时候,就把这故事记忆了来消遣。这故事是我的清凉散,现在也来贡献给少年们。

刊《新少年》第二卷第一期,1936 年 7 月 10 日

中国现代文学大师精品集丛书

# 鲁迅翁杂忆

夏丏尊精品集

我认识鲁迅翁,还在他没有鲁迅的笔名以前。我和他在杭州两级师范学校相识,晨夕相共者好几年,时候是前清宣统年间。那时他名叫周树人,字豫才,学校里大家叫他周先生。

那时两级师范学校有许多功课是聘用日本人为教师的,教师所编的讲义要人翻译一遍,上课的时候也要有人在旁边翻译。我和周先生在那里所担任的就是这翻译的职务。我担任教育学科方面的翻译,周先生担任生物学科方面的翻译。此时,他还兼任着几点钟的生理卫生的教课。

翻译的职务是劳苦而且难以表现自己的,除了用文字语言传达他人的意思以外,并无任何可以显出才能的地方。周先生在学校里却很受学生尊敬,他所译的讲义就很被人称赞。那时白话文尚未流行,古文的风气尚盛,周先生对于古文的造诣,在当时出版不久的《域外小说集》里已经显出。以那样的精美的文字来译动物植物的讲义,在现在看来似乎是浪费,可是在三十年前重视文章的时代,是很受欢迎的。

周先生教生理卫生,曾有一次答应了学生的要求,加讲生殖系统。这事在今日学校里似乎也成问题,何况在三十年以前的前清时代。全校师生们都为惊讶,他却坦然地去教了。他只对学生提出一个条件,就是在他讲的时候不许笑。他曾向我们说:"在这些时候不许笑是个重要条件。因为讲

的人的态度是严肃的,如果有人笑,严肃的空气就破坏了。"大家都佩服他的卓见。据说那回教授的情形果然很好。别班的学生因为没有听到,纷纷向他来讨油印讲义看,他指着剩余的油印讲义对他们说:"恐防你们看不懂的,要么,就拿去。"原来他的讲义写得很简,而且还故意用着许多古语,用"也"字表示女阴,用"了"字表示男阴,用"糸"字表示精子,诸如此类,在无文字学素养未曾亲听过讲的人看来,好比一部天书了。这是当时的一段珍闻。

　　周先生那时虽尚年青,丰采和晚年所见者差不多。衣服是向不讲究的,一件廉价的羽纱——当年叫洋官纱——长衫,从端午前就着起,一直要着到重阳。一年之中,足足有半年看见他着洋官纱,这洋官纱在我记忆里很深。民国十五年初秋他从北京到厦门教书去,路过上海,上海的朋友们请他吃饭,他着的依旧是洋官纱。我对了这二十年不见的老朋友,握手以后,不禁提出"洋官纱"的话来。"依旧是洋官纱吗?"我笑说。"呃,还是洋官纱!"他苦笑着回答我。

　　周先生的吸卷烟是那时已有名的。据我所知,他平日吸的都是廉价卷烟,这几年来,我在内山书店时常碰到他,见他所吸的总是金牌、品海牌一类的卷烟。他在杭州的时候,所吸的记得是强盗牌。那时他晚上总睡得很迟,强盗牌香烟,条头糕,这两件是他每夜必须的粮。服侍他的斋夫叫陈福。陈福对于他的任务,有一件就是每晚摇寝铃以前替他买好强盗牌香烟和条头糕。我每夜到他那里去闲谈,到摇寝铃的时候,总见陈福拿进强盗牌和条头糕来,星期六的夜里备得更富足。

　　周先生每夜看书,是同事中最会熬夜的一个。他那时不做小说,文学书是喜欢读的。我那时初读小说,读的以日本人的东西为多,他赠了我一部《域外小说集》,使我眼界为之一广。我在二十岁以前曾也读过西洋小说的译本,如小仲马、狄更斯诸家的作品,都是从林琴南的译本读到过的。《域外小说集》里所收的是比较近代的作品,而且都是短篇,翻译的态度,文章的风格,都和我以前所读过的不同。这在我是一种新鲜味。自此以后,我于读日本人的东西以外,又搜罗了许多日本人所译的欧美作品来读,知道的方面比较多起来了。他从五四以来,在文字上,思想上,大大地尽过启蒙的努力。我可以说在三十年前就受他启蒙的一个人,至少在小说的阅

读方面。

周先生曾学过医学。当时一般人对于医学的见解，还没有现在的明了，尤其关于尸体解剖等类的话，是很新奇的。闲谈的时候，常有人提到这尸体解剖的题目，请他讲讲"海外奇谈"。他都一一说给他们听。据他说，他曾经解剖过不少的尸体，有老年的，壮年的，男的女的。依他的经验，最初也曾感到不安，后来就不觉得什么了，不过对于青年的妇人和小孩的尸体，当开始去破坏的时候，常会感到一种可怜不忍的心情。尤其是小孩的尸体，更觉得不好下手，非鼓起了勇气，拿不起解剖刀来。我曾在这些谈话上领略到他的人间味。

周先生很严肃，平时是不大露笑容的，他的笑必在诙谐的时候。他对于官吏似乎特别憎恶，常摹拟官场的习气，引人发笑。现在大家知道的"今天天气……哈哈"一类的摹拟谐谑，那时从他口头已常听到。他在学校里是一个幽默者。

刊《文学》第七卷第六期，1936 年 12 月

中国现代文学大师精品集丛书

# 弘一法师之出家

今年旧历九月二十日,是弘一法师满六十岁诞辰。佛学书局因为我是他的老友,嘱写些文字以为记念,我就把他出家的经过加以追叙。他是三十九岁那年夏间披剃的,到现在已整整作了二十一年的僧侣生涯。我这里所述的,也都是二十一年前的旧事。

说起来也许会教大家不相信,弘一法师的出家可以说和我有关,没有我,也许不至于出家。关于这层,弘一法师自己也承认。有一次,记得是他出家二三年后的事,他要到新城掩关去了,杭州知友们在银洞巷虎跑寺下院替他饯行,有白衣,有僧人。斋后,他在座间指了我向大家道:

"我的出家,大半由于这位夏居士的助缘。此恩永不能忘!"

我听了不禁面红耳赤,惭悚无以自容。因为一,我当时自己尚无信仰,以为出家是不幸的事情,至少是受苦的事情。弘一法师出家以后即修种种苦行,我见了常不忍。二,他因我之助缘而出家修行去了,我却竖不起肩膀,仍浮沉在醉生梦死的凡俗之中。所以深深地感到对于他的责任,很是难过。

我和弘一法师(俗姓李,名字屡易,为世熟知者名曰息,字曰叔同)相识,是在杭州浙江两级师范学校(后改名浙江第一师范学校)任教的时候。这个学校有一个特别的地方,不轻易更换教职员。我前后担任了十三年,他担任了七年。在这七年中,我们晨夕一堂,相处得很好,他比我长六岁。当时我们已是三十左右的人了,少年名士气息忏除将尽,想在教育上做些实际工夫。我担任舍监职务，兼教修身课，时时感觉对于学生感化力不足。他教的是图画音乐二科，这两种科目，在他未来以前是学生所忽视的，自他任教以后就忽然被重视起来，几乎把全校学生的注意力都牵引过去了。课余但闻琴声歌声，假日常见学生出外写生，这原因一半当然是他对于这二科实力充足，一半也由于他的感化力大。只要提起他的名字，全校师生以及工役没有人不起敬的。他的力量全由诚敬中发出，我只好佩服他，不能学他。举一个实例来说，有一次，寄宿舍里有学生失少了财物了，大家猜测是某一个学生偷的，检查起来却没有得到证据。我身为舍监，深觉惭愧苦闷，向他求教。他所指教我的方法说也怕人，教我自杀！说：

"你肯自杀吗？你若出一张布告，说作贼者速来自首。如三日内无自首者，足见舍监诚信未孚，誓一死以殉教育。果能这样，一定可以感动人，一定会有人来自首。——这话须说得诚实，三日后如没有人自首，真非自杀不可。否则便无效力。"

这话在一般人看来是过分之辞，他提出来的时候却是真心的流露，并无虚伪之意。我自愧不能照行，向他笑谢，他当然也不责备我。我们那时颇有些道学气，俨然以教育者自任，一方面又痛感到自己力量的不够。可是所想努力的，还是儒家式的修养，至于宗教方面简直毫不关心的。

有一次，我从一本日本的杂志上见到一篇关于断食的文章，说断食是身心"更新"的修养方法，自古宗教上的伟人，如释迦，如耶稣，都曾断过食。断食能使人除旧换新，改去恶德，生出伟大的精神力量。并且还列举实行的方法及应注意的事项，又介绍了一本专讲断食的参考书。我对于这篇文章很有兴味，便和他谈及，他就好奇地向我要了杂志去看。以后我们也常谈到这事，彼此都有"有机会时最好把断食来试试"的话，可是并没有作过具体的决定，至少在我自己是说过就算了的。约莫经过了一年，他竟独自去实行断食了。这是他出家前一年阳历年假的事。他有家眷在上海，平日每月回上海二次，年假暑假当然都回上海的。阳历年假只十天，放假以后我也就回家去了，总以为他仍照例回到上海了。假满返校，不见到他，过了两个星期他才回来，据说假期中没有回上海，在虎跑寺断食。我问他："为什么不告诉我？"他笑说："你是能说不能行的。并且这事预先教别人知道也不好，旁人大惊小怪起来，容易发生波折。"他的断食共三星

期：第一星期逐渐减食至尽，第二星期除水以外完全不食，第三星期起由粥汤逐渐增加至常量。据说经过很顺利，不但并无苦痛，而且身心反觉轻快，有飘飘欲仙之象。他平日是每日早晨写字的，在断食期间仍以写字为常课，三星期所写的字有魏碑，有篆文，有隶书，笔力比平日并不减弱。他说断食时心比平时灵敏，颇有文思，恐出毛病，终于不敢作文。他断食以后食量大增，且能吃整块的肉（平日虽不茹素，不多食肥腻肉类）。自己觉得脱胎换骨过了，用老子"能婴儿乎"之意改名李婴，依然教课，依然替人写字，并没有什么和前不同的情形。据我知道，这时他还只看些宋元人的理学书和道家的书类，佛学尚未谈到。

转瞬阴历年假到了，大家又离校。哪知他不回上海，又到虎跑寺去了。因为他在那里住过三星期，喜其地方清静，所以又到那里去过年。他的归依三宝，可以说由这时候开始的。据说，他自虎跑寺断食回来，曾去访过马一浮先生，说虎跑寺如何清静，僧人招待如何殷勤。阴历新年，马先生有一个朋友彭先生求马先生介绍一个幽静的寓处，马先生忆起弘一法师前几天曾提起虎跑寺，就把这位彭先生陪送到虎跑寺去住。恰好弘一法师正在那里，经马先生之介绍就认识了这位彭先生。同住了不多几天，到正月初八日，彭先生忽然发心出家了，由虎跑寺当家为他剃度。弘一法师目击当时的一切，大大感动，可是还不就想出家，仅归依三宝，拜老和尚了悟法师为归依师。演音的名，弘一的号，就是那时取定的。假期满后仍回到学校里来。

从此以后，他茹素了，有念珠了，看佛经了，室中供佛像了。宋元理学书偶然仍看，道家书似已疏远。他对我说明一切经过及未来志愿，说出家有种种难处，以后打算暂以居士资格修行，在虎跑寺寄住，暑假后不再担任教师职务。我当时非常难堪，平素所敬爱的这样的好友将弃我遁入空门去了，不胜寂寞之感。在这七年之中，他想离开杭州一师有三四次之多，有时是因为对于学校当局有不快，有时是因为别处来请他，他几次要走，都是经我苦劝而作罢的。甚至于有个一时期，南京高师苦苦求他任课，他已接受聘书了，因我恳留他，他不忍拂我之意，于是杭州南京两处跑，一个月中要坐夜车奔波好几次。他的爱我，可谓已超出寻常友谊之外，眼看这样的好友因信仰的变化要离我而去，而且信仰上的事不比寻常名利关系，可以迁就。料想这次恐已无法留得他住，深悔从前不该留他。他若早离开杭州，也许不会遇到这样复杂的因缘的。暑假渐近，我的苦闷也愈加甚。他虽常用佛法好言安慰我，我总熬不住苦闷。有一次，我对他说过这样的一番狂言：

"这样做居士究竟不彻底。索性做了和尚，倒爽快！"

我这话原是愤激之谈，因为心里难过得熬不住了，不觉脱口而出。说出以后，自己也就后悔。他却是仍是笑颜对我，毫不介意。

暑假到了，他把一切书籍字画衣服等等分赠朋友学生及校工们——我所得到的是他历年所写的字，他所有折扇及金表等——自己带到虎跑寺去的只是些布衣及几件日常用品。我送他出校门，他不许再送了，约期后会，黯然而别。暑假后，我就想去看他，忽然我父亲病了，到半个月以后才到虎跑寺去。相见时我吃了一惊，他已剃去短须，头皮光光，著起海青，赫然是个和尚了！他笑说：

"昨天受剃度的。日子很好。恰巧是大势至菩萨生日。"

"不是说暂时做居士，在这里住住修行，不出家的吗？"我问。

"这也是你的意思，你说索性做了和尚……"

我无话可说，心中真是感慨万分。他问过我父亲的病况，留我小坐，说要写一幅字叫我带回去，作他出家的纪念。他回进房去写字，半小时后才出来，写的是楞严大势至念佛圆通章，且加跋语，详记当时因缘，末有"愿他年同生安养共圆种智"的话。临别时我和他作约，尽力护法，吃素一年。他含笑点头，念一句"阿弥陀佛"。

自从他出家以后，我已不敢再谤毁佛法，可是对于佛法见闻不多，对于他的出家，最初总由俗人的见地，感到一种责任：以为如果我不苦留他在杭州，如果我不提出断食的话头，也许不会有虎跑寺马先生彭先生等因缘，他不会出家。如果最后我不因惜别而发狂言，他即使要出家，也许不会那么快速。我一向为这责任之感所苦，尤其在见到他作苦修行或听到他有疾病的时候。近几年以来，我因他的督励，也常亲近佛典，略识因缘之不可思议，知道像他那样的人，是于过去无量数劫种了善根的。他的出家，他的弘法度生，都是凤愿使然，而且都是希有的福德，正应代他欢喜，代众生欢喜，觉得以前的对他不安，对他负责任，不但是自寻烦恼，而且是一种僭妄了。

作于 1939 年

# 爱的教育

# 教育的背景

不论绘画戏剧小说，凡是一种艺术，大概都应当有背景。背景就是将事物的情况烘托显现出来，叫人不但看见事物，并且在事物以外，受着别种感动刺激的一种周围的景象。事物的好坏，不是单独可以判定的，必须摆入一种背景的当中，方才可以认得它的真相，了解它的意义。所以在艺术上，这个背景很有重要的位置。

中国人一向不大讲究背景：画地是白的；戏剧里面的开门关门，光是用手装一个样子；车子只有两扇旗子，骑马也只有一支马鞭就算了。近来虽已经加了布景，但是不管戏情，用来用去，总是这几种老样式，也可算不讲究背景的证据了。至于古来的诗词，却颇多用背景的。用了背景，就添出许多的情趣。譬如"风萧萧兮易水寒，壮士一去兮不复还"，这可算得最悲壮的文字了。但是离开了第一句，便失却它悲壮的意味，因为第一句就是第二句的背景的缘故。其余如"暝色入高楼，有人楼上愁"，"落日照大旗，马鸣风萧萧"等许多好文章，也都可以用这个道理来说明它的好处。

从此看来，背景差不多可算艺术的生命了。教育从一种意说也是一种艺术，主张这一说的人近来很多。就是当初将教育组成为一种科学的海尔把尔脱也有这个意见：也应当有背景。没有背景的艺术不能叫做艺术。没有背景的教育也不能叫作教育。

什么叫做教育的背景？这个问题可分几层解释。

第一，我们所行的教育是人的教育，当然应当用人来做背景。人究竟是

个什么？这原是最古的疑问，到现在还没有十分解决。原来人有两种方面：一种是动物的方面，就是肉的方面；一种是理性的方面，就是灵的方面。古今东西的哲人都从这两方面来解释人。因为注重的地方不同，就生出种种的意见来了。西洋史上显然有这两个潮流：希腊及罗马初期的人注重肉的方面；基督教徒注重灵的方面，就是前一潮流的反动。这两种主张彼此冲突，结果就变了宗教战争。文艺复兴以后到十九世纪，就是主肉主义全盛的时代，近来学者大概主张灵肉一致了。这个灵肉一致，在我们中国却是已经有过的思想。孔子所谓"从心所欲不逾矩"，就是灵肉一致的状态。

这个人字的解释将来不知还要如何变迁，现在的理想大概是灵肉一致了。所以我们看人不可看得太高，也不可看得太低。进化论一派的学者说人不过为生物的一种，这样看人未免太低。但是用一般所说的人为万物之灵、可以支配一切的看法来看人，也未免看得太高。这两种都不是人的真相。人原本是两面兼有的：一面有肉欲的本能，一面还有理性的本能；一面有利己的倾向，一面还有利他的倾向；一面有服从的运命，一面还有自由的要求。这两方面使他调和一致，不生冲突，这就是近代人的理想。近代伦理学上主张自我实现，教育上主张调和发达，也无非想满足这个要求。"不管学生将来入何等职业，先使他成功一个人。"卢骚这句话说在百年以前，到现在还是真理。现在普通教育中所列的科目，都是养成人的材料，不是教育之目的物，也不是学问。地理是从面的方面解释人生的，历史是从直的方面解释人生的，数学是锻炼人的头脑的，理科是说明人的周围及人与自然界之关系的，语言文字是了解人与人的思想的，体操是锻炼人的身体意志的，其他像手工农业等，虽似乎有点带着职业的色彩，但是在普通教育中，仍是注重陶冶品性的一面。总之，现在普通教育上所列的科目，除了以人为背景以外，完全是毫无意义的。若当作教育之目的物看，当作学问看，那就大错了。

我们中国办学已经二十年光景，这个道理好像大家还没有了解。社会上大概批评学校里的课程无用。有几种父兄竟要求学校说："我的子弟只要叫他学些国文算学。体操手工没有什么用场，不必叫他学。"普通学校里的学生也有专欢喜国文的，也有专欢喜数学的，也有专欢喜史地的。遇着洒扫劳动的作业，大家就都不耐烦。这种都是将材料当做目的物看，当做学问看，不当它养成人的方便看的缘故。不但社会和学生不晓得这个道理，

就是教育者，不晓得这个道理的也很多。现在大多的教育者，无非将体操当作体操教，将算术当作算术教，将手工当作手工教罢了。

课程自课程，人自人，这种无背景的教育，就是再办几十年也没有什么效果。所以教育上第一件是要以人为背景。

人是教育第一种的背景了。无论何物，不能离开空间与时间的两大关系，这个空间时间，在人就是境遇和时代了。不论英雄豪杰，都逃不了境遇和时代的支配。印度地处热带，山川动植物皆极伟大，自然界恍如扑倒人生，所以有佛教思想。中欧气候温和，山川柔媚，所以有自由思想。批评家看见绘画诗文，就是无名的，也能大略辨别它是哪代的制作。这都是人不能离开境遇和时代的证据。所以教育上，第二应当以境遇和时代为背景。

从前斯巴达以战争立国，奖励敏捷，教育上至提倡盗窃。这虽是已甚的例，足见时代和境遇所要求的知识，才是有用的知识。现在是何等时代，我们现在是何等境遇，这都是教育家所应当考求的问题。教育家虽然不能促进时代，改良境遇，断不可违背大势而误人子弟。已经这个时候了，还要去讲春秋的大义，冕旒的制度，教人读《李斯论》、《封建论》的文章，出《岳飞论》、《始皇论》的题目，学少林、天台派的拳棒，使学生变成半三不四的人物，学了几年，一切现在的制度，生活上应有的常识，仍旧茫然。这不是现在教育界的罪恶么？八股时代有一句讥诮读书人的话，说道"八股通世故不通"，现在的教育界能逃避这个讥诮么？

一国有一国的历史，自然不能样样模仿他人，但是一般的趋势，也应该张开眼来看看。一味的保守因袭，便有不合时宜、阻止进步的流弊。旧材料并非不可用，就是用这个材料的态度，很宜注意。一切历史上事实，无非人文进化的过程。这个过程，并无可宝贵的价值。若用了这些材料来说明现在的文化的来历，使人了解所以有新文化的道理和新文化的价值，自然是应该的事。若食古不化，拘泥了这个过程，这就是于现在生活无关系的用法，这种教育就是无背景的教育了。时势既到了今，不能再回到古去。历史上虽然也有复活的事实，但所谓复活者，并不是与前次一式一样，毫无变易。譬如以前衣服流行大的，后来流行小的，近来又渐渐地流行大的了。近来的大的与以前的大的，究竟式样不同，以前的大，却不失为现在的大的过程。但若是要想拿来混充新的，这是万不能够的事。现在教育家只求博古，不屑通今，所以教育界中完全是尊古卑今的状态。十几岁

的学生一动著笔便是古者如何,今则如何,居然也有"江河日下、世风不古"的一种遗老的口吻。这虽是他们思想枯窘聊以塞责的口头禅,也可算是教育不合时势的流毒了。所以要主张以境遇时代为教育的背景。

上面两种背景以外,还有第三种的背景,就是教育者的人格。现在的学校教育是学店的教育,教育者与被教育者的中间但有知识的授受,毫无人格上的接触;简直一句话,教育者是卖知识的人,被教育者是买知识的人罢了。机械的大家卖来买去,试问这种知识有什么用处?真正的教育需完成被教育者的人格,知识不过人格一部分,不是人格的全体。现在学校教育何尝无管理训练,但是这个管理训练与教授绝对的无关系。教育者大概平日只负教授的责任,遇着管理训练的时候,便带起一副假面具,与平时绝对成两样的态度了。这种管理训练除了以记过除名为后盾以外,完全不能发生效力。而且愈发生效力,结果愈不好,因为于人格无关系的缘故。

人格恰如一种魔力,从人格发出来的行动,自然使人受着强大的感化。同是一句话,因说话者人格的不同,效力亦往往不同。这就是有人格的背景与否的分别。空城计只好让诸葛亮摆的,换了别个便失败了;诸葛亮也只好摆一次的,摆第二次便不灵了。

"以言教者讼,以身教者从",教育者必须有相当的人格,被教育者方能心悦诚服。只靠规则是靠不住的。我说这句话的意思,并不是凡是教育者必须贤人圣人。理想的人物本是不可多得的,我并不要求教育者皆有完美之人格。原来学校所行的教育,都不过是一种端绪,一切教科,无非是基本的事项,不是全体。所以教育者于人格方面,也只求能表示基本的端绪够了。这个人格的基本端绪,比了教科的基本端绪成就虽难,但是不能说这是无理的要求。

这三种是教育的背景,教育离开了这三种,就无意义。试问现今的教育用什么做背景?有没有背景?

刊《教育潮》第一卷第一期、第二期,1919年4月、6月

# 春晖的使命

啊！春晖啊！今日又是你的诞辰了！你堕地不过一年零几个月，若照人的成长比拟起来，正是才能匍匐学步的时期，你现在正跨着你的第一步，此后行万里路，都由这一步起始。你第一步的走相，只要不是厌嫉你的人们，都说还不错。但是第一步总究是第一步，怯弱的难免，即在爱你的人，也是不能讳言的。

怯弱倒不要紧，方向却错不得！你须知道，你有你从生带来的使命！你的能否履行你的使命，就是你的运命决定的所在。你的运命，要你自己创造！

你的使命，是你随生带来的，自己总应明瞭。我们为催促你和为你向大众布告起见，特于今日大声呼说，一面也当作对于你的祝福，但愿你将来是这样：

你是生在乡间的，乡村运动，不是你本地风光的责任吗？别的且不讲，你可晓得你附近有多少不识字的乡民？你须省下别的用途，设法经营国民小学、半日学校等机关，至少先使闻得你钟声的地方，没有一个不识字的人，才是真的。至于你现在着手的农民夜校，比起来那只可说是你的小玩意儿，算不得什么的。

你是一个私立的，不比官立的凡事多窒碍。当现在首都及别省官立学校穷得关门，本省官立中等学校有的为了争竞位景、风潮叠起、丑秽得不

可向迩的时候，竖了真正的旗帜，振起纯正的教育，不是你所应该做的事吗？

你生也晚，正当学制改革之时。在新制之下，单纯的初级中学，办理上很是困难的。你现在第一步虽只办初级中学，但总须设法加办高级中学，酌量地方情形，加设文科、理科及农科、师范科等类的职业科。这条血路，你不是应该拚了命杀出的吗？

你已男女同学了，这是本省中等学校的第一声，也是你冒了社会的忌讳敢行的一件好事。你应如何好好地保持这纤弱的萌芽，使它发达？又，现在女子教育，事实上比男子教育待改良研究的地方更多。你在开始的时候，应如何改变方向，求于女子教育有所贡献？

你生在山重水复的白马湖，你的环境，每引起人们的羡慕。但这种环境，一不小心，就会影响你的精神，使你一方面有清洁幽美的长处，一方面染蒙滞昏懒的坏习！你不应该常自顾着，使没有这种毛病的吗？

你无门无墙，组织是同志集合的。你要做的事情既那样多而且杂，同志集合，实是最要紧的条件。你不该从此多方接引同志，使你的同志结合在质上更纯粹，在量上更丰富吗？于现在有少数的校董、教员以外，再组织维持员等类的事，你不应该开了"无门的门"，尽力地做吗？

你的财产原不能算多，但也算不得没有。你不多不少的财产，也许反容易使你进退维谷。但你须知道，真正的教育事业，根本是靠你同志们的辛苦艰难的牺牲精神，光靠你的财产是没有什么用的。世间没有一个钱的基金，以精神结合遂能在教育上飞跃的学校多着；有了好好的基础，而因精神涣散、奄奄无生气的学校也多着哩！以精神的能力，打破物质上的困难，并非一定是不可能的事，而在你更是非做到这地步不可的。你该怎样地用了坚诚的信念，设法培养这精神，使你自己在这精神之下，发荣滋长？

春晖啊！你于别的学校所有的一切使命外，同时还有着这许多特有的使命。这于你或许要感受若干特有的困难，但决不是你的不幸。前途很远！此去珍重！啊，啊，春晖啊！

刊《春晖》第二十期，1923年12月2日

# 近事杂感

无论如何种类的教育方法，说它有益固然可以，说他有害也可以。严师固然可以出高徒，自由教育也未尝不可收教育上的效果。循循善诱，详尽指导，固然不失为好教育，像宗教家师弟间的一字不说，专用棒喝去促他的自悟，也何尝不对。只要肠胃健全的，什么食物都可使之变为血肉，变为养料，而在垂死的病人，却连参苓都没有用处，他是他，参苓是参苓。人可以牵牛到水边去，但除了牛肚渴要饮水的时候，人无法使牛饮水，强灌下去，牛虽不反抗，实际上在牛也决不受实益。所以替牛掘井造河，预备饮料，无论怎样地周到，在不觉得渴的牛是不会觉到感谢的。"不愤不启，不悱不发"，足见即使我们个个都是孔老先生，对于无自觉的学生也是无法的了！

冷暖自知！现在学校教育的空虚，只要有良心的教育者和有良心的学生都应该深深地痛感到。从前学校未兴时，教育虽未普及，师生的关系全是自由。佩服某先生的往往不惮千里，负笈往从。只此一"从"字的精神，已尽足实现教育全体的效果，学生虽未到师门，已有了精进向上之心，教育当然容易收效。学校既兴，师生的关系近于运命的而非自由的。我们为师的人呢，更都是从所谓"教匠制造厂"的师范学校出来，各有一定的型式。在种种的事情上，要使学生做到那"从"字样的心悦诚服的精神是不容易的事情。于是学校教育就空虚了!

不但此也,现在的学校教育在一般家属及学生眼中看来,只是一个过渡的机关,除了商品化的知识及以金钱买得的在校生活的舒服以外,是他们所不甚计较的,学生入校时原并不会带了敦品周行的志向来。特别是中学校的学生,他们本来大半是少爷公子,家庭于他们未入校以前,又大半早已用了父兄地位金钱的力,使他们养成了恶癖。每年只出若干学费要叫学校把他们教好,学校又把这责任归诸教员,于是教员苦了。

"教员"与"教师",这二名辞在我感觉上很有不同。我以为如果教育者只是教员而不是教师,一切问题是无法解决的。教育毕竟是英雄的事业,是大丈夫的事业,够得上"师"的称呼的人才许着手,仆役工匠等同样地位的什么"员",是难担负这大任的。我们在学生及社会的眼中被认作"员",可怜!我们如果在自己心里也不能自认为"师",只以"员"自甘,那不更可怜吗?我们作教员的,应该自己进取修养,使够得上"师"字的称呼。社会及学生虽仍以"员"待遇我们,但我们总要使他们眼里不单有"员"的印象。这是一件非常辛苦艰难的事,也是一件伟大庄严的事!

学问要学生自求,人要学生自做。我们以前种种替学生谋便利的方案,都可以说是强牛饮水的愚举。最要紧的就是促醒学生自觉。学生一日不自觉,什么都是空的。除了我们自己做了"师"的时候,难能使学生自觉。其实,学生只要自觉了以后,什么都可为"师",也不必再赖我们。"竹解虚心是我师",在真渴仰"虚心"的人,竹就可以为师。"三人行,必有我师焉,择其善者而从之,其不善者而改之。"随时随地皆师,觉后的境界何等广阔啊!

刊《春晖》第二十八期,1924 年 5 月 1 日

# 彻 底

物质主义与精神主义是绝对不能两立的两种主义,其实两者之中只要彻底一种,就能通彻到别一种。所苦者只是模棱两可,两方都不彻底。

中国社会上的人事大都犯了这两方都不彻底的毛病。亲友之中,甲有事劳乙出力,在理当然甲应赠乙以报酬。但甲不敢赤裸裸赠送金钱,即送了,乙也不肯老老实实的收受,好像是取精神主义的。其实,乙不能无物质的计较,甲也不敢坦然忘怀,结果甲假托了别的名义,打算又打算,酌量数额改了面目送物品与乙,乙也受之无愧。这就是所谓彼此心照的办法。普通庆吊,即使馈送金钱,也必用封套把金钱装潢,上加什么"菲仪"的避雷针(有了这就可不论数目之多少)的签条。甲这样去,将来乙也这样来,彼此把金钱数目牢牢的记在仪簿,一查便知,丝毫也不会有多少。真是精神物质兼顾,寓精神于物质之中的好方法。可是人趣却因而全失了。

最令人不快的是教育界的情形,也与这同一鼻孔出气。近来学店式的学校到处林立,有人以为学校渐趋商业化了,深为叹惋。我以为学校不患其商业化,只患其商业化的不彻底。学生出学费向学校买求知识,学校果真有价值相当的知识作商品卖给学生,学生对于学校至少可没有恶感。并且像老顾主和相识的店铺有感情一样,学生爱校之情自必油然而生了。这

就是由物质主义彻底而达到精神主义。反之，把精神主义彻底亦可达到物质主义。因为学校如果真有教好学生的热诚，一切自然认真，学生以及社会也自然能以物质的扶助学校，白吃不会钞，断不是人情。

再就教师说，现在的教师原已成了一种普通职业，不像以前有和"天地君亲"并列的神圣的威严了。但真能有和报酬相当或以上的热心与知力提供于学校或学生的教师，必仍能得学校的信任，受学生的敬爱，否则一味假借师道之尊，想以地位自豪，总是羊质虎皮，学校方面且不论（因为教师有时就代表学校），在学生眼里是不堪的。

假教化之名，行商业之实，藉师道之尊，掩自身之短，这和金钱封套上的"菲仪"签条一样，同是个避雷针。学生对学校或教师的风潮无不发端于此。

向精神主义走固好，向物质主义走也好，彻底走去，无论向那条路都可以到得彼岸。否则总是个进退维谷的局面。

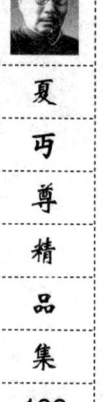

刊《春晖》第三十六期，1924年11月16日

中国现代文学大师精品集丛书

# 致文学青年

××君：

　　承你认我为朋友，屡次以所写的诗与小说见示，这回又以终身职业的方向和我商量。我虽爱好文学，但自惭于文学毫无研究，对于你屡次寄来的写作，除于业务余暇披读，遇有意见时复你数行外，并不曾有什么贡献你过。你有时有信来，我也不能一一作复。可是这次却似乎非复你不可了。

　　你来书说："此次暑假在××中学毕业后，拟不升学，专心研究文学，靠文学生活。"壮哉此志，但我以为你的预定的方针大有须商量的地方。如果许我老实不客气地说，这是一种青年的空想，是所谓"一相情愿"的事。你怀抱着如此壮志，对于我这话也许会感到头上浇冷水似的不快吧。但你既认我为朋友，把终身方向和我商量，我不能违了自己的良心，把要说的话藏匿起来，别用恭维的口吻来向你敷衍讨好一时。

　　你爱好文学，有志写作，这是好的。你的趣味，至少比一般纨袴子弟的学漂亮、打牌、抽烟、嫖妓等等的趣味要好得多，文学实不曾害了你。你说高中毕业后拟不再升大学，只要你毕业后肯降身去就别的职业，而又有职业可就，我也赞成。现在的大学教育本身空虚得很，学费、膳费、书籍费、恋爱费（这是我近来新从某大学生口中听到的名辞）等等，耗费很

大。不升大学也就罢了，人这东西本来不必一定要手执大学文凭的。爱好文学，有志写作，不升大学，我都觉得没有什么不可，唯对于你的想靠文学生活的方针，却大大地不以为然。

靠文学生活，换句话说，就是卖字吃饭。（从来曾有人靠书法吃饭的叫"卖大字"，现在卖文为活的人可以说是"卖小字"的。）卖字吃饭的职业（除抄胥外）古来未曾有过。因文字上有与众不同的伎俩，因而得官或被任为幕府或清客之类的事例，原很多很多，但直接靠文学过活的职业家，在从前却难找出例子来。杜甫李白不曾直接卖过诗。左思作赋，洛阳纸贵，当时洛阳的纸店老板也许得了好处，左思自己是半文不曾到手的。至于近代，似乎有靠文学吃饭的人了。可是按之实际，这样职业者极少极少，且最初都别有职业，生活资料都靠职业维持，文学生活只是副业之一而已。这种人一壁从事职业，或在学校教书，或入书店报馆为编辑人，一壁则钻研文学，翻译或写作。他们时常发表，等到在文学方面因了稿费或版税可以维持生活了，这才辞去职业，来专门从事文学。举例说吧，鲁迅氏最初教书，后来一壁教书一壁在教育部做事，数年前才脱去其他职务。他的创作大半在教书与做事时成就的。周作人氏至今还在教书。再说外国，俄国高尔基经过各种劳苦的生涯，他做过制图所的徒弟，做过船上的仆欧，做过肩贩者，挑夫。柴霍甫做过多年的医生，易卜生做过七年的药铺伙计，威尔斯以前是新闻记者。从青年就以文学家自命，想挂起卖字招牌来维持生活的人，文学史中差不多找不出一个。

你爱好文学，我不反对。你想依文学为生活，在将来也许可能，你不妨以此为理想。至于现在就想不作别事，挂了卖字招牌，自认为职业的文人，我觉得很是危险。卖文是一种"商行为"，在这行为之下，文字就成了一种商品，文字既是商品，当然也有牌子新老、货色优劣之别，也有市面景气与不景气之分。并且，文学的商品与别的商品性质又有不同，文字的成色原也有相当测度的标准，可是究不若其他商品的正确。文字的销路的好坏，多少还要看合否世人的口胃。如果有人和你订约，叫你写什么种类的东西，或翻译什么书，那是所谓定货，且不去管他。至于你自己写成的东西，小说也好，诗也好，剧本也好，并非就能换得生活资料的。想依此

为活,实在是靠不住的事。

你的写作,我已见过不少,就文字论原是很有希望的。但我不敢断定你将来一定能靠文学来生活,至少不敢保障你在中学毕业后就能靠卖字吃饭养家。最好的方法是暂时不要以文学专门者自居,别谋职业,一壁继续钻研文学,有所写作,则于自娱以外,不妨试行投稿。要把文学当作终身的事业,切勿轻率地以文学为终身的职业。

鄙见如此,不知你以为如何?

刊《中学生》第十五号,1931年5月

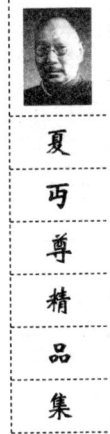

中国现代文学大师精品集丛书

# 受教育与受教材

　　自从我在《中学生》创刊号上写了那篇《"你须知道自己"》以后，就接到了不少的青年的来信。有的自陈家庭苦况，有的问我中学毕业后的方针，有的痛诉所入学校的不良，问题非常繁多，欲一一答复，代谋解决，究不可能。没法，只好就诸信中寻出一个比较共同的问题，来写些个人的意见当作总答。

　　我在创刊号那篇文字里，曾劝中学生诸君破除徒以读书为荣的"士"的封建观念，养成实力。这次所接到的来信中，差不多都提及到这实力养成的问题。关于这，我实感到有答复的责任。至于答复得好与不好，且不去管他。

　　先试就实力二字加以限制。我的谈话的对手是中学生，所谓实力，当然不是什么财力，权力，武力，也并不是学士或博士的专门学力，乃是普通一般的身心上的能力。例如健康力，想象力，判断力，记忆力，思考力，忍耐力，鉴赏力，道德力，读书力，发表力，社交力等就是。

　　这种能力，虽是很空洞，很抽象，却是人生一切事业的基础。犹如数学公式中的 X，诸君学过数学，当然知道 X 的性质。X 本身并无一定价值，却是一切价值的总摄，只要那公式是对的，无论用什么数目代入 X 中去都会对。上面的各身心能力，本身原不能换饭吃，成学者，或有功于革命，

但如果没有这诸能力，究竟吃不成什么饭，成不了什么学者，或有什么贡献于任何革命事业的。

这身心诸能力，原也可从自然环境或职业部分地获得，例如滨海的住民常善泅泳，当兵的自会富于忍耐力。但人为的有组织的养成机关，不得不推学校教育。所谓教育，就是能力给与的设计。学校就是为施行这设计的而特造的人为的环境。

专门以上的学校为欲使学生直接应世，倾向常偏重于专门的知识技术的传授。专门以下的学校所传授的，不是可以直接应世的知识技术，其任务宁偏重于身心诸能力的养成，愈是低级的学校愈如此。所谓课程也者，无非施行教育作用的一种材料而已。专门以上的课程收得了也许就可应世，就可换饭吃，至于专门以下的学校课程，收得了仍是不能应世，换不来饭吃的。不信，让我举例来说：诸君花了不少的学费，费了不少的光阴，好容易了解了几何中西摩松线的定理或代数中的二项式，记得了蒲公英、鲸鱼的属类与性状，假如初中毕业时成绩第一。但试问这西摩松线的定理和二项式的解答和关于蒲公英、鲸鱼的知识，写出来零折地卖给谁去？怕连一个大钱也不值吧。又假定诸君每日清晨在早操班上"一二三四"地操，一日都不缺课，操得非常纯熟，教师奖誉，体育成绩优等。试问这"一二三四"的举动，他日应起世来，能够和卖拳头的江湖朋友一样收得若干铜子吗？以上不过随举数例，其实诸君所学习着的各科无不皆然。

诸君读到这里也许又要感到幻灭了，且慢且慢，西摩松线二项式和蒲公英鲸鱼的知识。虽不能卖钱，但因此而表现的推理力记忆力等等是终身有用的。又，幸而能升学进而求更高深的科学，这些知识当作基础也是有用的。"一二三四"操得好，虽不能变铜子，但由此锻就的好体格，和敏捷、忍耐、有规则等的品性，是将来干任何职业都必要的。"功德不虚"，诸君用几分功，究竟有几分益处在，断不至于落空。

由此可知，中等学校教育的课程，只是一种施行教育的材料，从诸君方面说，是借了这些材料去收得发展身心能力的。诸君在中学校里，目的应是受教育，不应是受教材。重视书册，求教师多发讲义，囫囵吞枣似地但知受教材，不知受教育，究是"买椟还珠"的愚笨办法。

诸君读了我上面的话，如果以为是对的，那么希望诸君注意二事。

第一，要自觉地从各科目摄取身心上的诸能力。我上面所说的话，原只是普通教育上的老生常谈，并非什么新说，照理，教师们都该知道了的。他们应该注意到此，应该利用了教材替诸君养成实力，不应留声机器似地，徒把教本上的事项来一页一页地切卖给诸君。但现在的学校实在太乱杂了，一年之中可换三四个校长，前学期姓张的先生来教诸君的地理，后来归姓胡的教，这学期又换了姓王的。在这样杂乱无序的情形之下，说不定诸君的教师之中没有不胜任的分子。又，教育是教师与学生合作的事，教师虽施着正当的教育，学生如果无接受的热心，也不会有好结果，故诸君须有养成身心诸能力的自觉才好。一个代数方程式，同级的人都能解，你如果解不出，这事本身关系原不大。但在一方面说，就是你的记忆力或思考力不及人，不到水平线，这却是大事。冬天早操屡次赶不上，这事本身原不算得什么有碍，但由此而显现着的你的这惰性，如果不改革，却是足为你终身之累的，无论你将来干什么。

第二，对各科目要普遍地学习。近来中学生之间，常有因浅薄的实用观念或个人的癖好，把学习的科目偏重或鄙弃的事。有的想初中毕业后去考邮局电报局，就专用功英语，有的想成文人，就终日读小说。无论哪一校，数学都被认为最干燥无味，大家对了都要皱眉的科目。体育科，则除了几个选手人员外，差不多无人过问，认为可有可无。图画、音乐等科，也被认为无足重轻的东西。这种倾向由能力养成上看来，真是大大的错误。因了学科的性质，有的须多用些功，有的可少用些功，原是合理的。又，现制中学的高中已行分科制，学生为了将来所认定的方向，学习要偏重些某方面，也是对的。我所指摘的只是普通一般的中学生的对于学科的偏向，尤其是对于初中部的学生。你想毕业后去考邮局或电报局并不是坏事，但除了英语的知识以外，多带些知识趣味去，就是说，在记忆力忍耐力等以外，多养成些别的能力去，不更好吗？你想成文人也好，但多方面的能力修养，将来不会使你的文人资格更完满吗？

中学原只是普通教育，其中的学科都是些人类文化的大略的纲目，换言之，只是一个常识，在综合地养成身心的能力上看来，不消说是好材料。次之，在有升学希望的人，当作预备知识也自有其意义。至于要想单独地

拿了一种去换职业，究竟是毫无把握的。将来情形变更也许不能这样断言，至少在现制度是如此。任你怎样地去偏重，结果所偏重的依然无用，而在别的方面却失去了能力养成的普遍的机会，只是自己的损失而已。

一家商店，常有一种东西是值得买，而其余是不值得买的。例如杭州西湖上的菜馆里，醋溜鱼是好的，而挂炉烤鸭就不好，虽然门口也挂着"挂炉烤鸭"的牌子，我们如果要吃醋溜鱼，就到杭州西湖边上去，如果要吃烤鸭，那么上北京菜馆去，不然就会找错了门路。学校犹如商店，在中学校里所可吸收的是普通的身心能力，不是可以直接应世的教材。如果要买应世实用的教材，那么将来进专门大学去，或是现在就进甲种实业去，急于考邮局电报局的，还是进英文夜校去。

中学校的性质如此，是借了教材给与能力的。诸君在中学校里，试自己问问："我在这里受教育呢？还是在这里受教材？"

刊《中学生》第四号，1930年4月

中国现代文学大师精品集丛书

# 关于职业

暑假快到，诸君之中有许多人将在初中或高中毕业了。有钱的不消说正在预备升学，境况不裕的却不得不就此与学校生活告别，各自分头奔向社会中去找寻出路，谋糊口之所。"去干什么好呢？""有没有可干的事呢？"这两个问题恐早已占领着诸君心的全部了吧。

"去干什么好呢？"这是职业的选择问题。"有没有可干的事呢？"这是职业的有无问题。

关于青年的职业，我们平常所听到的有两种议论，想来诸君也曾听到过。

一派人这样说："职业是神圣的，而且是终身的大事。青年于未就职业以前须考察社会环境，审度自己个性，参酌将来的希望，仔细选择。"

这番议论原不是毫无理由的话，可是按之现今实际，却不免是一种高调。"审度自己个性"，"参酌将来希望"，这种条件在眼前有许多职业可就的人，也许可作参考。现在还是用人尚未公开、私人可以滥用的时代。假如诸君之中有这样的一个幸运儿，父亲居政界要位，叔子是商界首领，母舅是大工厂主，未婚妻家有一个大大的农场，各方面汲引有人，他无论到哪一边去，都不愁跑不进，对于这样的人，第一种高调是值得倾听的。可是在大多数的一般人看来，这番议论只等于空洞的说教，等于一张不能兑现的美丽的支票而已。

又有一派人说："中国困处在帝国主义的资本主义之下，产业落后，国内即有产业，亦被握于帝国主义走狗或资本家之手。无业，失业，都是帝

国主义与资本主义的罪恶。我们要有职业，就应该起而革命，赶快打倒帝国主义与资本主义，否则就无法解决职业问题。"这番议论有着事实的根据，当然不能说是不对。可是也是一种高调。革命不是一旦可成就的大事，而且要大多数人都不事生产，以革命为专业，也究不可能。未来是未来，现在是现在，未来的合理的自由社会虽当悬为目标，群策群力地求其实现，现在的生活的十字架却仍无法不负的。

第一派议论偏重于职业的选择，第二派议论偏重于职业的有无。结果都有有方无药的毛病。职业问题的纠纷，实起于这职业的有无与选择两问题的错综。职业的有无原是第一问题，但我们不能说中国人都没有职业。试看种田的在种田，做工的在做工，做店员的在做店员，他们境况虽不甚佳，何尝没有职业？就大体说，职业是有的，可是自诩为士的读过几年书的学生，都不把这种职业放在眼里，他们要选择，愈选择，职业的途径就愈狭小，结果就至走投无路了。

诸君是中学生，除师范部出身的已略受关于小学教师的职业陶冶外，大部分在职业方面尚未有一定的方向。诸君出校门时，社会未曾替诸君留好一定的交椅，为工为农为商都要诸君自己去为，自己去养成。这在诸君是一件困难的事，但也是一件自由的事：困难的是什么职业都外行，要从头学起；自由的是什么职业都可为，并不受一定的限制。犹之婴孩初生，运命未定，前途亦因而无限。

现在让我来平心静气地提出几条可走的方向供诸君参考。据我所见，普通人的职业的来路不外下列几项，诸君所能走的方向当然也不出这几项。一、独立自营，二、从事家业，三、入工商界习业，四、入公私机关作月薪生活。

一、独立自营　　如果能够，这是最所希望的，农业也好，商店也好，工业也好，随自己性之所近，于可能范围内以小资本择一经营之。如嫌无专门知识，不妨先作短时间的见习，然后从事。想从事园艺者可先入农场，想从事化学小工艺者可先入化学工厂（此种见习并不以月薪为目的，机会自可较易谋得）。无论国内国外，大实业家大都是由小资本经营发迹的，独往独来地经营一种事业，生杀予夺，权都在我，较之寄人篱下的官吏及事务员，真不知要好若干倍了。

二、从事家业　　现在已不是职业世袭的时代，农之子原不必一定为农，工之子原不必一定为工，商之子原不必一定为商，并且时代变迁得很快，祖

先传来的家业也许已有不能再维持的。但如果别无职业可就，而家业尚可继续的时候，那么从事家业也未始不是一策。因为是家业的缘故，体质上天然有着遗传的便利，业务上的知识也无须外求，一切工具设备又都是现成的，尽可帮同父兄继续干去。一面再以修得的常识为基础，广求与家业有关的知识，加以改进。如果是农业家，那么去设法图农事的改良，如果是商家，那么去谋销路的扩张。可做的事正多，好好做去，希望很是无穷的。

三、入工商界习业　入工商界习业就是俗语的所谓"学生意"。普通的所谓职业，大都须从"学生意"入门，因为职业上所需要的是熟悉该项职业一切事情的人——即所谓内行人，欲投身于某职业的，当然须从学习入手。入工商界习业须有人介绍与担保，不及前二项的自由，在学习的时候，普通还须受徒弟待遇，但国内真正的工人与商人却都由此产生。普通一店或一厂的领袖人物，最初就是学徒，他们熟悉了该项情形，中途独立自营，自立基业的也很多。

四、入公私机关作月薪生活　这是近代知识分子最普遍的出路，自学校教师、公司银行的职员、工厂的技师，以至官厅的政务人员，都属这一类。到这条路去的人不必自出资本，不必经过学徒生活，但大多数却须有较专门的知识技能。中学毕业生除小学教师外，非有人援引，未必就跑得进。即能勉强挨身进去，也只是书记等类的下级职员而已。

以上四项为一般人可走的职业的方向。"独立自营"与"从事家业"二项，是各走各路，不必你抢我夺，无所谓就职难的。普通的所谓就职难，实在"入工商界习业"与"入公私机关作月薪生活"二项，尤其是"入公私机关作月薪生活"一项。因为入工商界习业，尚是作学徒，收容虽有定额，最初地位较低，竞争不烈，方面也广，只要投身者肯屈就，大概尚不难安排；至于公私机关则为数有限，职员的名额、薪水的总数又有一定，竞争自然利害了。

诸君出校门后投身职业，该向哪一条路跑，原不能一概论定，一条路有一条路的难处，一个人有一个人的志愿，断难代为抉择，不但别人难以代为抉择。恐诸君自己也无法抉择。在现在的情势之下，一切须看条件：要独立自营，至少家里须有小资本；要从事家业，至少家里先要有老业；要入工商界学业，至少在工商界要有能介绍的亲友；要入机关领月薪，也至少要有人援引；此外各门还要有能相适应的特种品性（好品性或坏品

性)。不过就大体说,诸君为生活计,总须走一条路,而且事实也非逼迫诸君去走一条路不可。现世尚谈不到机会平等,只好各人走各人的路,"君乘车,我戴笠","君担簦,我跨马",有的乘车,有的戴笠,有的担簦,有的跨马,从前有此不平,现在仍有此不平,无法讳言。

在现今什么都只好碰去看,尤其是职业。今日在职业界吃饭的人,其职业大概都是碰来的。他们有的在某公司办事,有的在某工厂中为事务员,有的在某衙门里作官吏,有的在某处办农场,但我相信他们当初并不曾有此预期,只是因了偶然的机会,经过几次转变,达到现在的地位而已。

但诸君不可误解,把"碰"解作不劳而获的幸运。要碰,先须有碰的资格,没有资格,即有偶然的机会在你眼前,你也无法将它捉住,至少在无权无势要靠能力换饭吃的大众是如此。某商店须用一个管银钱的店员,你如果没有金钱信用的人,就无资格去碰了;某机关要请一个书记,你如果是文理不通字迹潦草的,就无资格去碰了;某公司要找一个能担任烦剧事务的职员,你如果是身体怯弱的,就无资格去碰了。身体,品性,知识,都是碰的条件。中学校教育原不是教授职业技能的,但在身体的锻炼、品性的陶冶、知识的修养(这原是普通教育最重要的目的,可惜现在的学校却不一定能够做到)各点上看来,却不能说与职业无关。诸君对于校课如果曾作了正式的学习,不曾马马虎虎地经过,那么即对于以后就职业说,也可以说不曾白花了学费的了。

诸君出校门以后,就利用了在校中锻炼好了的身体,陶冶过的品性,修养来的知识去碰吧。一面还须把身体、品性、知识继续锻炼陶冶修养,以期不失未来的新机会。万一不凑巧一时碰不到职业,请平心反省,是否自己没有碰的资格?倘若自己觉到资格不够,就应该努力补修。如果自问资格无缺,所以碰不到职业完全由于没有机会,也只有再去碰而已。实情如此,有什么别的话可说呢!

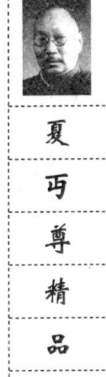

刊《中学生》第十六号,1931 年 6 月

# 怎样对付教训

暑假已完,新学年就此开始,诸君将出家门,即有亲爱的父母向诸君作种种叮嘱,"保重身体"咧,"爱惜金钱"咧,"勿管闲事"咧,"努力用功"咧……这么一大套。才进校门,在开学式中又有校长训话,教师训话,来宾训话,又是"革命勿忘读书,读书勿忘革命"咧,"打倒帝国主义"咧,"以学救国"咧,"陶冶品性"咧,"锻炼身体"咧,"谨守校规"咧……那么一大套。

不管诸君要听不要听,总之现在是诸君整段地要受教训的时期,各种各样的教训由父母师长各方面袭来,要求诸君承受遵守。诸君如果把这种教训左耳朵进右耳朵出,随听随忘,那也就罢了,倘若想切实奉行,就有许多问题可以发生。我原不敢说诸君之中没有马马虎虎把父母师长的教训视如马耳东风的人,却信这种人极其少数,大多数的中学生诸君都是诚笃要好的青年,对于父母师长的教训,只要力所能及,都想服膺实行的。对于这等好青年,我敢来贡献些关于教训的意见。

第一须辨别教训的真伪。

教训会有伪的吗?尽有尽有!有一篇短篇小说(忘其作者与篇名)中,写着下面这样的故事:

甲乙两个工场主同时在其工场中提倡节俭：A是甲工场的工人，B是乙工场的工人。

A听了甲工场主的节俭谈，很是信服，切实奉行。最初戒除烟酒，妻病了也不给她多方治疗，结果成了鳏夫。为节俭计，不但不续娶，且把住房也退掉，独自住在小客栈里。后来觉得日食三餐太浪费，乃改为二餐，最后且减到一餐。

物价虽日趋腾贵，他却仍能应付，而且还能把收入的一部分去储蓄在工场里。也曾屡次以物价腾贵的理由去向主人要求加薪，主人总不答允。主人的理由是：他费用有限，现有工资已尽够他的生活。

有一天，他去访在乙工场做工的B，一则想看看B的生活方法，二则想对B夸说夸说自己的节俭之德。

B的样儿使他吃了一惊。B在数年前是个比他不如的光蛋，现在居然已有妻与子，且住着不坏的房子了。他问B何以能如此，B的回答是：

"我因为没有钱，才入工场作工。主人教我节俭，但是你想，穷光蛋一个大都没有，从何节俭起啊！后来物价逐渐腾贵，我和大家向主人要求加薪，乘机就娶了妻，妻不久就生了子。一人的所得不足养活三口，于是又只好强求主人再加薪水。有了妻子，不能再住客栈或寄宿舍，才于最近自己租了这所房子。可是生活费又感到不足了，尚拟向主人再请求加薪呢。"

B虽这样诉说着生活的艰辛，可是脸色却比他有血色得多。B的妻抱其肥胖的小孩，时时举目来向他的黄瘦的脸看。他见了B的一家的光景，不禁回想起妻未死时的情形来。

诸君读了上面所记的小说梗概，作何感想？就一般说，节俭原是一种美德，节俭的教训原是应该倾听的。可是上述梗概中的甲工场主所提倡的节俭，却是一种掠夺的策略，他们所提出的节俭的教训，完全是欺骗的虚伪的东西。诸君目前尚不是工人，不消说这样的欺骗的教训暂时是不会临到头上来的，但如果诸君的校长或教师不替诸君本身着想，专以保持自己

的地位饭碗为目的,或专为办事省麻烦起见,向诸君咣咣地提倡服从之德,教诸君谨守他们的所谓校规,则如何?合理的校规原是应守的,但校规的所以应守,理由应在有益于学生自己和学校全体,不应专为校长或教师的私人便利,去作愚蠢的奴隶。前学期的校长姓王,教师是甲乙丙丁,这学期的校长姓张,教师是ABCD,在现今把学校视作传舍的教育情形之下,作校长或教师的未必对于学生都能互相诚信,"谨守校规"的教训也自然不大容易有效。但我敢奉劝诸君,合理的校规是应守的,只是要为自己和全体而守,不为校长或教师私人的便利而守。当校长或教师发出"谨守校规"的教训的时候,须认清其动机的公私。为了校长及少数教师想出风头,把学生作了牺牲,无谓地奖励不合理的运动竞技或跳舞演剧的把戏,近来多着呢!

对于教训须辨认其动机的公私,不管三七廿一地盲从了去奉行,结果就会被欺。但是有种教训,在施教训的人热心为诸君设想,并无自私的处所,而其实仍是虚伪的东西。这种出于热心而实虚伪的教训,实际上很多,举一例来说:诸君出家门时,父母叮嘱你们"努力用功"。"努力用功"是一条教训。这条教训出于诸君的父母之口,其中笼着无限的对于诸君的热情和希望,可谓决不含有什么策略的嫌疑的了。可是这真诚的父母的教训,因了说法竟可以成为虚伪的东西的。

自古至今,为父母的既叫儿子读书,没有不希望儿子能上进,能努力用功的。韩愈有一首教子的诗题目叫做《符读书城南》的,中有一段云:

"……两家各生子,提孩巧相如。少长聚嬉戏,不殊同队鱼。年至十二三,头角稍相疏。二十渐乖张,清沟映污渠。三十骨骼成,乃一龙一猪。飞黄腾达去,不能顾蟾蜍。一为马前卒,鞭背生虫蛆。一为公与相,潭潭府中君。问之何因尔,学与不学欤。……"

这段文字,如果依照今日的情形改说起来,大意是说:"有两份人家各生了一个孩子。幼时知识相同,常在一块儿游耍,后来一个努力读书,一个不努力读书,结果一个成了车夫,受人鞭挞,一个做了大官,住在高大

的房子里，何等写意。"诸君的父母叮嘱诸君"努力用功"究出何种动机，原不敢断言，但普通的父母对于儿子都无不希望儿子能"飞黄腾达"，以为要"飞黄腾达"就非教儿子"努力用功"不可。韩愈是个有见解的名人，尚且如此教子，普通的父母当然不消再说了。

如果诸君的父母确由此见解对诸君发"努力用功"的教训，那么我敢奉告诸君，这教训是虚伪的。"飞黄腾达"是否应该，且不去管他，要想用了"努力用功"去求"飞黄腾达"，殊不可靠。实际社会的现象不但并不如此，有时竟成相反。试看！现今住高大洋房的、坐汽车的、作大官的，是否都是曾"努力用功"的人？拉黄包车的是否都是当时国民小学中的劣等生？"努力用功"原是应该的，原是应有的好教训，但如果这教训的动机由于想"飞黄腾达"，那结果就成了一句骗人的虚伪之谈。在韩愈的时代，这种教训也许尚有几分可靠，原说不定，但观于韩愈自己读了许多书还要"送穷"（他有一篇《送穷文》），韩愈以前的杜甫有"纨袴不饿死，儒冠多误身"（《奉酬韦左丞丈二十二韵》）的话，足见当时多读书的未必就享幸福，韩愈对于儿子已无心地陷入虚伪的地步了。至于今日，情形自更不同，住洋房，坐汽车，过阔生活的，多数是些别字连篇或竟一字不识的投机商人，次之是不廉洁的官吏（因为他们如果仅靠官俸决不能过如此的阔生活），他们的所以能为官吏也别有原因，并非因为他们学问比别人都好。大学毕了业不一定就有出路，中学毕业生更无路可走，没钱的甚至要想在小学读书而不能。今日的实际情形如此，如果做父母的还要用了韩愈的老调，以"飞黄腾达"的动机，向儿子发"努力用功"的教训，直是作梦。做儿子的如果毫不思辨，闭了眼睛奉行，便是呆伯，结果父母与儿子都难免失望。

那么"努力用功"是不对的吗？诸君的父母不该教诸君"努力用功"，诸君不该"努力用功"了吗？决不，决不！我不但不反对"努力用功"的教训，而且进一步地主张诸君应"努力用功"。我所想纠正的是"努力用功"的教训的动机，想把"努力用功"的教训摆在合理的基础之上。诸君幼年狼藉米饭时，父母常以雷殛的话相戒的吧。诸君那时年幼无知，因怕雷殛，也就不敢任意把米饭狼藉。后来诸君有了关于电气的常识，知道雷殛与狼藉饭粒的事毫不发生因果的关系了，那么，就可任意把米饭抛弃了吗？我想诸君决不至如此。幼时的不敢狼藉米饭理由是怕雷殛，后来的不敢狼藉米饭，理由另是

一种:米饭是农人劳动的产物,可以活人,不应无故暴殄。后者的理由比前者合理,"不该狼藉米饭"的教训要摆在这合理的理由上,基础才稳固。为想"飞黄腾达"而"努力用功",这教训按之社会实况,等于"怕雷殛"而"不狼藉米饭",禁不得一驳就倒的。"努力用功"的教训,须于"飞黄腾达"以外。别求可靠的合理的理由才牢固,才不虚伪。所谓可靠的合理的理由,诸君的父母如果能发见,再好没有,万一不能发见,那么非诸君自己去发见不可,决不该把虚伪的教训只管愚守下去。

教训本身原无所谓真伪,教训的真伪完全在发教训者的动机的公私,和理由的合理与否。校长教师也许会为私人的便利发种种教训,父母为爱子的至情所驱,因了素朴见解也许会发种种靠不住的教训,诸君自己却不可不加以注意考察,审别真伪,把外来的种种教训转而置于合理的正确的基础上,然后去加以切实奉行才对。诸君应"谨守校规",但须为自己的利益(不仅是除名不除名留级不留级等类的问题)和学校全体而守校规,不应为校长教师作私人便利的方便而守校规。诸君应"努力用功",但"努力用功"的理由须在"飞黄腾达"以外另去找寻,为发达自己身心各部分的能力,获得水平线以上的知识技能而"努力用功"。总而言之,教训有真有伪,诸君所应奉行的是真的教训,不是伪的教训。

第二,须注意教训的彼此矛盾。

教训的来处不一,所关系的方向亦不一,对于一事,往往有的教训是这样,有的教训是那样,彼此矛盾,使人无所适从的。例如同是关于身体,父母教诸君"保重身体",学校教诸君"锻炼身体",父母爱怜诸君,所谓"保重身体"者,其内容大概是教诸君当心冷暖,不可过劳之类,而学校的所谓"锻炼身体",却是要诸君能耐寒暑,或故意要诸君多去劳动。"公要馄饨婆要面",诸君也许会感到矛盾,左右为难了吧。又如父母教诸君"勿管闲事",而党义教师却教诸君"打倒帝国主义",国语教师教诸君在自修时间中多读国文书本,体育教师却教诸君每日要多运动,诸如此类的事例,举不胜举,诸君现正切身受着,当比我知道得多,无待详说。

先就"保重身体"与"锻炼身体"说,二者因了解释,可以彼此统一,毫无矛盾。人生在世不但有种种事须应付,而且境遇的变动也是意料中的事,断不能一生长沉浸在姑息的父母之爱中。为应付未来计,为发达能力计，都非把身体好好锻炼不可。如果如此解释，那么适度的锻炼即所以"保重身体"，同时如果真正要"保重身体"，也就非"锻炼身体"不可了。"勿管闲事"与"打倒帝国主义"亦可因了解释使减除其矛盾性。凡对于某一事自己感到责任的，必是已有相当的实行能力的人。毫没有实行某事能力的人决不会对于某事感到非做不可的责任，除非是狂人。我们不责乞丐出慈善捐款，乞丐对于物质的慈善事业，当然也不会感到何等的责任。党义教师教诸君"打倒帝国主义"，倘只是一句照例的空洞的口号，别无可行的实际方案，或有了方案而非诸君能力所及的，诸君对之当然不会发生何等责任，结果无非成了一个"言者谆谆听者藐藐"的局面，与"勿管闲事"的诸君的父母的教训，毫无冲突之处可说。如果党义教师的"打倒帝国主义"的教训确有方案步骤，而这方案步骤切合诸君程度，确为诸君能力所及，那么诸君对于"打倒帝国主义"非感到责任不可，既对于"打倒帝国主义"感到责任，那就"打倒帝国主义"对于诸君不是"闲事"了。父母为家庭小观念所囿，教诸君"勿管闲事"，也许就是暗暗地教诸君不要去做"打倒帝国主义"等类的事。但诸君既明白自己的责任，知道"打倒帝国主义"是应做而且能做的事，不是"闲事"，内心已无矛盾，尽可于应行时尽力去行的了。贤明的父母决不会禁止子女去干力所能及的有意义的各种运动的。国语教师教诸君在课外多读国文书本，体育教师教诸君每日多运动，将如何呢？其实，各科教师都有把自己所授的科目格外重视的偏见，不但国语体育二者如此。对于这种教师的矛盾的要求，应以"整个的程度的水平线"为标准，自定取舍，中学是普通教育，诸君的精力有限，如果偏重了一方面，结果必致欠缺了别方面，对于前途殊非好事。诸君对于各科须牺牲自己的嗜好与偏见，普遍修习。在终日埋头用功的人，体育教师的"多从事运动"是好教训，在各科成绩都过得去而国语能力特差的人，国语教师的"课外多读国文书本"是好教训。各科教师所发之教训原不免彼此矛盾，若能依了"整个的程度的水平线"为标准，自定取舍，奉行上就不会有什么困难了。

刊《中学生》第十七号，1931年9月

# 一个从四川来的青年

最近，我遇到一件不寻常的事。

新年开工的第一日，于写字台上停工数日来积下来的信堆里，发见一封由本埠不甚知名的某小旅馆发来的挂号信。信里说，自己是与我不相识的青年，因为读了我的文章，很钦佩我，愿跟我做事，一壁做工，一壁学习；特远远地冒险从四川冲到上海来，现住在某小旅馆里，一心等候我的回音。我看了通信，既惶悚，又惊异。自从服务杂志以来，时常接到青年读者诸君的信，像这样突兀这样迫切的函件却是第一次见到。我因为不知怎样写回信才好，正在踌躇，次晨又接到他的催信了。这次的信是双挂号的，信里说，他在上海举目无亲，完全要惟我是赖。又说离家时，父母亲友都不以他为然，可是他终于信赖着我，不顾一切地冲到上海来了，叫我快快给他回音。

我想写回信，可是无从写起，结果携了原信跑到旅馆里去访他，和他面谈。他是一个十八九岁的青年，印象并不坏，据说曾在四川某中学读过几年书，中途又改入商店，因川中商业不景气，仍想再求学。此次远来找我，目的有二：一是要我指导他的学问，二是要我给他一个职业的位置，不论什么都愿做，但求能半工半读就是。我的答复是：我自惭没有真实学问可以作他的指导，半工半读的职业更无法立刻代谋。惟一的忠告是劝他

且回故乡去，不要徒然飘泊在上海。他对于回故乡去似有难色，说恐见不得父母亲友。我苦劝了一番，且答应与他时常通信（即他的所谓学问指导），他才表示愿即日离开上海。据他说有一位同乡在无锡某工厂里服务，上海既得不到位置，只好到无锡去改托同乡设法。我问他事前曾否与在无锡的那位同乡有所接洽，他说毫无接洽，只好撞去看。我不禁又为之黯然起来，可是也无法叫他不到无锡去。"在无锡如果找不到事，还是赶快回故乡去吧。"这是临别时我最后劝他的话。傍晚他又送了一封信来，还赠我一瓶辣酱与一罐榨菜。信中说，决依从我的劝告，离去上海，明晨赴无锡去。

我凝视着放在写字台上的辣酱瓶与榨菜罐，不禁感慨多端：想起一二年前上海曾有好几批青年抛了职业与家庭远赴峨嵋山学道，现在这位青年却从峨嵋山附近的家乡，毫无把握地冲到上海来。两相对照，为之苦笑起来。我和这位青年未曾素识，对于他个人无所谓爱憎，只是对于他的行动却认为缺乏常识，可以说是对于现社会认识不足。

这位青年的投奔到上海来，据他自说一则为了想"从师"，二则为了想"得职"。我的足为"师"与否且不管，即使果足为"师"，也是不能"从"的。古代生活简单，为师者安住在家里，远方仰慕他的负笈相从，就住在师的门下，一方面执弟子之役，一方面随时求教。师弟之间自然成立着经济的关系，可以不作其他别种的打算与计较。现在怎样？普通所谓"师"者就是学校教员，完全为雇用性质，师弟之间的经济关系并没有从前的自然，并且教员生活甚不稳定，这学期在这儿，下学期在那儿，地位更动得比戏院里的优伶还厉害，叫青年怎能"从"呢？我是书店的职员，说得明白点，是被书店雇用，靠书店的薪水生活着的。住的房子只是每月出钱租来的狭小的一室，安顿妻孥已嫌不够，哪里还容得"门下生"与"入室弟子"呢？"从师"的话，现今还有人沿用，其实现社会中早已根本不能有这么一回事，应该与"郊""禘""告朔"之类同列入废语之中的了。

至于得职，在现代工商社会中，可分为两种方式：一是聘任，一是雇用。聘任是厂店方面要求你去担任职务的，且提开不谈；至于雇用，最初大概要有介绍人或保证人。雇用之权普通操在经理，一个陌生的青年突然对于厂店中的某个人说，要立刻在厂店中替他安插一个职位，当然难以办到。用自荐书来介绍自己，他国原有此种求职的方式，国内新式的厂店中

也似乎正在仿行。可是不经对方同意，就突兀地奔投前往是决不行的。这位青年投奔到我这里来，碰壁，投奔到无锡去找同乡，据我推断起来也一定会碰壁吧。理想社会实现以后不知道，在现社会的机构里决不会让我们有这样的自由。

现社会的机构如此。这机构是好是坏，姑且不谈，我们应该大家先把它明了，凡事认清，不为陈套的文字所拘缚，不为传统的惯例所蒙蔽。学问在现社会中是什么？"师"在现社会中是什么？今日职业界的情形怎样？工厂商店内部的构造怎样？……诸如此类的事项，在中学校的教科书里也许是不列入的，学校的教员们的口里也许是不提及的，可是却都是很重要的知识。

这位青年不顾一切远道投奔到上海来，其勇气足以令人赞赏，可惜，他对于现社会尚未认识得明白，其追求的落空，无异于上海青年的赴峨嵋山求道！

上海青年赴峨嵋山求道，大家都把责任归诸荒唐的武侠小说，峨嵋山的道士倒是没有责任的。这位青年的从四川到上海来碰壁，责任者是谁呢？这是一个值得大家考察的问题了。

刊《中学生》第四十三号，1934年2月

# "自学"和"自己教育"

我为了职务的关系,有机会读到各地青年的来信和文稿。这些文字坦白地表示着诸位青年的生活,经验,思想,情感。一位在中等学校里担任职务的教师,他所详细知道的只限于他那个学校里的学生。可是我,对于各地青年都有相当的接触。虽然彼此不曾见过面,不能说出谁高谁矮,谁胖谁瘦,然而我看见了诸位青年的内心,诸位期望着什么,烦愁着什么,我大略有点儿理会。比起学校里的教师来,我所理会的范围宽广得多了。这是我的厚幸。我不能辜负这种厚幸,愿意根据我所理会到的和诸位随便谈谈。

从一部分的来件中间,我知道有不少青年怀着将要失学的忧惧,又有不少青年怀着已经失了学的愤慨。那些文字中间的悒郁的叙述,使人看了只好叹气。开学日子就在面前了,可是应缴的费用全没有着落,父亲或是母亲舍不得"功亏一篑",青年自己当然更不愿意中途废学。于是在相对愁叹之外,不惜去找寻渺茫难必的希望,牺牲微薄仅存的财物。或者是走了几十里地,张家凑两块钱,李家借三块钱,合成一笔数目。或者是押了田地,当了衣服,情愿付出两三分四五分的高利,以便有面目去见学校里的会计员。在带了这笔可怜款项离开家庭的时候,父亲或是母亲往往说:"这一学期算是勉强对付过去了,但是下一学期呢!"多么沉痛的话啊!至于连

这样勉强对付办法都找不到的人家,青年当然只好就此躲在家里。想找一点事情做做,东碰不成,西碰不就。哪怕小商店的学徒,小工厂的练习生也行。然而小商店正在那里"招盘",小工厂正在那里"裁员减薪"。于是每吃一餐饭,父亲叹着气,母亲皱着眉,青年自己更是绞肠刮肚似的难过,无论吃的是咸汤白饭,或是窝窝头,都是在吃父亲母亲的血汗呀!像上面所说那样的叙述,我看见得非常之多,文字好一点坏一点没有关系,总之宣露出现在青年的一段苦闷。

是谁使青年受到这样的苦闷呢?笼统地说,自然会指出"不良的社会"来。我们很容易想象一个理想的社会,在这个理想的社会里,受教育是一般人绝对的权利,不用花一个钱,甚至为着生活上必需的消费,公家还得给受教育者津贴一点钱。而现在的社会恰正相反,须要付得出钱才可以享受受教育的权利。那么给它加上一个"不良的"的形容词,的确不算冤枉。但是这样判定之后,苦闷并不能就此解除。理想的社会又不会在今天或是明天无条件地忽然实现。在现在的社会里,要受教育就得付钱,不然学校就将开不起来,这是事实。事实是一垛坚固的墙壁,谁碰上去,谁的额角上准会起一个大疙瘩。这就是说,如果付钱成为问题的话,那么上面所说的苦闷是不可避免的。你去请教无论什么人,总不会给你一个满意的答复。因为无论什么人的一两句话,不能够变更当前的事实。

不过要注意,上面所说的学和受教育乃是指在学校里边学,以受学校教育而言。这只是狭义的学,狭义的受教育。按照广义说起来,学和受教育是"终身以之"的事情,离开了学校还可以学,还可以受教育,而且必须再学,必须再受教育。威尔斯等在《生命之科学》一书里说得好:"教育的目标是要使各个人成为善良的变通自在的艺人(因为环境在变迁,所以要变通自在),成为在那一般的规画中自觉能演一角的善良的公民,成为能发挥其全力的气象峥嵘、思虑周到、和蔼可亲的人格者。终其生都要有能受教育的适应性。旧式的那种阴晦的观念,以为人当在青年期之前把一切应该学的东西都学好,而以后只是用其所学,和多数的动物一样,那种观念是在从人的思想中消逝了。"可是我觉得,一班给"失学"两字威胁着而感到苦闷的青年还没有抛开那种阴晦的观念。住在学校里边叫做学,离开学校叫做"失学",好像离开了学校,一切应该学的东西就无法学好了,其

实哪里是这么一回事,所谓"自学"或是"自己教育",非但是可能的,而且是必须的。即使住在学校里边,也不能只像一只张开着口的布袋,专等教师们把一切应该学的东西一样一样装进来,也必须应用自己的智慧和能力,思索这一样,练习那一样,才可以成为适应环境的"变通自在的艺人"。而思索这一样,练习那一样,就是"自学"或是"自己教育"呀。离开了学校,没有教师的指点,没有种种相当的设备,就方便上说自然差一点,然而有一个"自己"在这里,就是极大的凭藉。自己来学!自己来教育自己!只要永久努力,绝不懈怠,一切应该学的东西还是可以学得好好的。这样看起来,如果能把那种阴晦的观念抛开,建立"自学"或是"自己教育"的信念,那么遇到付钱成为问题的时候,固然不免苦闷,但是这决非顶大的苦闷。本来以为"就此完了",所以认为顶大的苦闷。而在实际上,只要自己相信并不"就此完了",那就不会"就此完了",所以决非顶大的苦闷。

以上并不是勉强慰藉的话,而是对于学和受教育的一种正当观念。这种观念,无论在校不在校的人都是必需的。不过对于不在校的人尤其有用处,它能给你扫去障在面前的愁云惨雾,引导你走上自强不息的大路。

我知道有人要说:你不看见现在社会的实际情形吗?现在凡是新式的事业机关招收从业员,限定的资格起码要中学毕业生。工厂学徒哩,公司练习生哩,甚至大旅馆中同于仆役的"侍应生"哩,上海地方专以伴人游乐为事的"女向导员"哩,没有中学毕业程度的都够不上去应试。所以读不完中等学校,就等于被摈在从业的希望的门外。一般青年因为将要失学而忧惧,因为已经失了学而愤慨,原由在此。一般父母宁愿忍受最大的牺牲,而不肯让儿女"功亏一篑",待要真个无法可想,那就流泪叹气,以为家庭的命运已经临到绝望的悬崖,原由也在此。

这种实际情形,我也知道得很清楚。按照理想说,岂但新式的事业,最好是无论什么事业,从业员的资格都起码要中学毕业生,这样,事业上的效率一定会比现在大得多。不过到了这样情形的时候,进学校将纯是权利而不担什么义务了。现在进学校多少带一点"投资"的意味,既然担着付钱的义务,总希望将来能有连本带利的丰富的收获。我知道,这样想头不止是多数父母的见解,更有许多青年也在或明或暗地意识着。这并不足

以嗤笑,在现在这样的社会里,自然要产生这样的想头。而照大家的眼光看来,要得到丰富的收获,惟有在新式事业中取得一个从业员的位置。同时,惟有新式事业需要有了相当的知识和训练的从业员,其他事业现在还没有这种需要。所以在新式的事业机关招收从业员的章程里,才有"资格——中学毕业生"这一条。所以每逢新式的事业机关招考的时候,前往投考的常常是那么拥挤,出乎主持人的意料之外。

但是有一点可以注意:在招收从业员的章程的资格项下,往往不单写着"中学毕业生",而再附加着"或有同等程度者"这样的语句。这说明了什么呢?第一,从这上面可以看出现在学校教育并不能和新式事业完全相应。新式事业所需要的是干练适用的从业员,但是根据平时的经验,觉得拿得出毕业文凭来的不一定干练适用,所以宁愿把挑选的范围放宽,在"有同等程度者"中间也来挑选一下。第二,从这上边可以看出有了一张毕业文凭的,其被录取的机会并不特别多。他不但有同样有了一张毕业文凭的和他竞争,并且有"有同等程度者"和他竞争。这当儿,取得必胜之权的凭藉不是一张文凭,而是货真价实的知识和训练。在"自学"或是"自己教育"上努力得愈多的人,他的被录取的机会也愈多。

就失学的人说来,这里就闪着一道希望的光。只管沉溺在苦闷之中,那惟有一直颓唐下去,结果把自己毁了完事。不如振作起来,在"自学"或是"自己教育"上努力。直到真个"有同等程度"的时候,直到真个有货真价实的知识和训练的时候,其并没有被摈在从业的希望的门外,不是和有了一张毕业文凭的人一样吗?

除了新式事业以外,还有许多的事业,如耕种,如贩卖,如小工艺的制作,细说起来,门类也就不少。这些事业,如果真没有办法参加进去做,我也说不出什么话。我不能从事实上没有办法之中说出办法来。但是,如果有一点办法可以参加进去的话,我以为这些事业都不妨做。在一些教训青年的书里,说到"择业"的时候往往有一套理论。事业要应合自己的兴趣哩,事业要发展自己的专长哩,还有其他的项目。其实这些都是好听的空话。一个人择业定要按照这许多项目,结果只好一辈子无业可做。事实上惟有碰到什么就做什么,只要那种事业不是害人的,例如当汉奸卖国,贩运毒品毒害人家。在碰到了一种事业的时候,你就专心一志去做,你能

够抱着"自学"或是"自己教育"的信念，即使没兴趣的也会寻出兴趣来，即使不专长的也会练出专长来。同时你不必以此自限，这就是说，在你那事业所需要的知识和训练之外，更可以作其他的研修。这并不是游心外骛的意思。专力本业是当前献身的正轨，而别作研修是自己长育的良法，二者兼顾，一个人才会终身处在发展的程度之中。一朝研修有了相当的成就，而恰又碰到了另外一种事业可以应用这种成就的，你自然不妨放弃了从前的事业去做另外的事业。那时候你还是专心一志地做，和做从前的事业一样。请想想，如果所有从业的青年都像这样子，社会上的各种事业不将大大地改换面目，显出突飞猛进的气象吗？其时任何事业都像新式事业那样有着光明的前途，就从业员的收获说，也不至于会怎样不丰富。

以上的话，我以为不但对于给"失学"两字威胁着的青年有些用处，就是在校的或是从业的青年也可以从这里得到少许启示。诸位要相信，事实虽然是一垛坚固的墙壁，但在不超越事实的情形之下，觅取进展的途径，其权柄大部分还操在诸君自己的手里。能够"自学"或是"自己教育"的，在他前面等候着的往往不是苦闷而是成功！

刊《中学生》第七十一号，1937年1月

# 读书与瞑想

# 学斋随想录

吾人于专门职业以外，当有多方之趣味。军人只知军人之事，商人只知商人之事，彼此谈话至无共通适当之材料，其苦何堪？为将来之教师者宜注意及之。酱之只有酱气者，必非善酱；肉之只有肉气者，必非善肉；教师之只有教师气者，必非善教师也。

福有重至，祸不单行。富者安坐而资入，购物多而价自贱。贫者辛苦所得，反为捐税等所夺。优等生受教师之奖励，勤勉益力。劣等生受教师之呵责，志气愈消。天下不平之事孰甚于斯？耶稣有言曰：有者被赐，无有者并须夺其所有。

斯世无限之烦恼，可藉美以求暂时之解脱。见佳景美画，闻幽乐良曲，有遑忆名利恩怨者否？

人之虚伪心竟到处跋扈，普通学生之作文亦全篇谎言。尝见某小学学生之《西湖游记》，大用携酒赋诗等修饰，阅之几欲喷饭。其师以雅驯，密密加圈。实则现在一般之文学，几无不用"白发三千丈"的笔法。循此以往，文字将失信用，在现世将彼此误解，于后世将不足征信。矫此颓风者，舍吾辈而谁？

刊浙江第一师范《校友会志》第一号，1913年

# 一九一九年的回顾

一九一九年,到今日为止,就要告终了!这一年的历史,在将来世界史上不知要占什么样的位置!这个问题就是历史家,恐怕一时也不容易下一个简单的猜测。世界史上最可纪念的事件大概要算"文艺复兴""宗教改革""法国革命"……这几件。这种事件可以纪念的理由并不在它事件的本身,是在它所发生出来的各方面的影响,因为事件本身是有空间与时间的限制的,它的影响是可以不受时间与空间的限制,可以继续、变形随处发展的。一九一九年中所经过的事故,在政治、经济、社会、思想、生活各方面,都受着一种空前的刺激,而且这种刺激,无论哪一民族哪一国家,直接或间接的多少也都受着一点。这一年对将来的关系实在不小。有人说,"一九一九年的一年,可以抵从前的一个世纪。"据我的感想,觉得这句夸大的话还不能够形容这一年中的经过!

我们生在二十世纪,能够和世界上的人一同经过这多事的一九一九年,究竟还是"躬逢其盛",还是"我生不辰"?姑且不要管它。我们且用我们的记忆,于一九一九年将要完了的时候作一瞥的回顾。

这一年的经过,从世界方面说:有大战和议、各国罢工、过激战争、劳动会议……等等,从中国说:有青岛问题、福建问题、西藏问题、抵制日货、学生罢课、商人罢市、白话出版物、国民大会、学生联合会、南北

不和不战、教员罢课……等等,从浙江一省说:有议员加薪、学生罢课、提前放假、商人罢市、虎列拉、焚毁日货、国民大会……等等,实在可算得一个"多事之秋"!我也说不得许多,姑且限定范围,从中国方面说——姑且从中国的教育方面说:

一九一九年中国教育界空前的一桩事,就是"五四运动"。"五四运动"的影响,不但教育界受着,不过教育界是它的出发点,自然影响受得更大。从前的教育界的空气何等沉滞!何等黑暗!经过了"五四运动"以后,从前底"因袭""成规",都受了一种破产的处分,非另寻方法重立基础不可。虽然还有许多违背时事的教育者,"螳臂当车"地在那里要想仍旧用老规矩,来抵抗这磅礴的怒潮,但是我们总不能承认它是有效的事业。据我所晓得,大多数学校自本学年起,教授上管理上多少都有点改动,不过改动的程度和分量有点不同罢了。

有人说:"五四运动以后的学风,比较以前嚣张,旧法已经破坏,新精神还没有确立,教授上管理上新的效力完全不能收得,反生出从前未有的恶风来。这种现象,难道可以乐观么?"我想现在的教育界,平心讲来,也究竟还没有完全上正当的轨道。不过从本学年起,已经有了一个"动"字,"动"得好,固然最好没有了;"动"得不好,也不该就抱悲观:因为"动"总比以前的"不动"好得多。天下本来不应该有"完全无缺"的事,逐渐改动,就是渐与"完全无缺"接近的方法,固滞不动,那是没有药医的死症!我对于一九一九年的教育界,所最纪念的就是一个"动"字!

但是,"动"有"动"的方向和程度。一九一九年的教育界于"动"的方向和程度上面,还有未满人意和我们理想的地方,自然应当想法改"动"。即使没有不满足的地方,也应该想法再"动"。这都是应该从一九二零年做起的事!所以我既然回顾了一九一九年的教育界,还要掉过头来迎接一九二零年的教育界!

刊浙江第师范《校友会十日刊》第五号,1919年2月31日

# 并存和折中

　　从小读过《中庸》的中国人，有一种传统的思想和习惯，凡遇正反对的东西，都把他并存起来，或折中起来，意味的有无是不管的。这种怪异的情形，无论何时何地，都可随在发见。

　　已经有警察了，敲更的更夫依旧在城市存在，地保也仍在各乡镇存在。已经装了电灯了，厅堂中同时还挂着锡制的"满堂红"。剧场已用布景，排着布景的桌椅了，演剧的还坐布景的椅子以外的椅子。已经用白话文了，有的学校同时还教着古文。已经改了阳历了，阴历还在那里被人沿用。已经国体共和了，皇帝还依然坐在北京……这就是所谓并存。

　　如果能"并行而不悖"原也不妨。但上面这样的并存，其实都是悖的。中国人在这里有一个很好的方法来掩饰其悖，使人看了好像是不悖的。这方法是什么？就是"巧立名目"。

　　有了警察以后，地保就改名"乡警"了；行了阳历以后，阴历就名叫"夏正"了；改编新军以后，旧式的防营叫做"警备队"了；明明是一妻一妾，也可以用什么叫做"两头大"的名目来并存；这种事例举不胜举，实在滑稽万分。现在的督军制度，不就是以前的驻防吗？总统不就是以前的皇帝吗？都不是在那里借了巧立的名目，来与"民国"并存的吗？以彼例此，我们实在不能不怀疑了！

至于折中的现象，也到处都是。医生用一味冷药，必须再用一味热药来防止太冷；发辫剪去了，有许多人还把辫子底根盘留着，以为全体剪去也不好；除少数的都会的妇女外，乡间做母亲的有许多还用"太小不好，太大也不好"的态度，替女儿缠成不大不小的中脚。"某人的话是对的，不过太新了"，"不新不旧"也和"不丰不俭""不亢不卑"……一样，是一般人们底理想！"于自由之中，仍寓限制之意"，"法无可恕，情有可原"……这是中国式的公文格调！"不可太信，不可太不信"，这是中国人底信仰态度！

这折中的办法是中国人的长技，凡是外来的东西，一到中国人底手里就都要受一番折中的处分。折中了外来的佛教思想和中国固有的思想，出了许多的"禅儒"；几次被他族征服了，却几次都能用折中的方法，把他族和自己的种族弄成一样。这都是历史上中国人的奇迹！

"中西"两个字触目皆是：有"中西药房"，有"中西旅馆"，有"中西大菜"，有"中西医士"，还有中西合璧的家屋，不中不西的曼陀派的仕女画！

讨价一千，还价五百，不成的时候，就再用七百五十的中数来折中。不但买卖上如此，到处都可用为公式。什么"妥协"，什么"调停"，都是这折中的别名。中国真不愧为"中"国哩！

在这并存和折中主义跋扈的中国，是难有彻底的改革，长足的进步的希望的。变法几十年了，成效在哪里？革命以前与革命以后，除一部分的男子剪去发辫，把一面黄龙旗换了五色旗以外，有什么大分别？迁就复迁就，调停复调停，新的不成，旧的不成，即使再经过多少年月，恐怕也不能显著地改易这老大国家的面目吧！

我们不能不诅咒古来"不为已甚"的教训了！我们要劝国民吃一服"极端"的毒药，来振起这祖先传下来的宿疾！我们要拜托国内军阀："你们如果是要作孽的，务须快作，务须作得再厉害一点！你们如果是卑怯的，务须再卑怯一点！"我们要恳求国内的政客："你们底'政治'应该极端才好！要制宪吗？索性制宪！要联省自治吗？索性联省自治！要复辟吗？复辟也可以！要卖国吗？爽爽快快地卖国就是了！"我们希望我国军阀中，有拿破仑那样的人；我们希望我国'政治家'中，有梅特涅那样的人。辛亥

式的革命，袁世凯式的帝制，张勋式的复辟，南北式的战争，忽而国民大会，忽而人民制宪，忽而联省自治等类不死不活不痛不痒的方子，愈使中华民国的毛病陷入慢性。我们对于最近的奉直战争，原希望有一面倒灭的，不料结果仍是一个并存的局面，仍是一个折中的覆辙！

　　社会一般人的心里都认执拗不化的人为痴呆，以模棱两可，不为已甚的人为聪明。中国人实在比一切别国的人来得聪明！同是圣人，中国的孔子比印度弃国出家的释迦聪明得多，比犹太的为门徒所卖身受磔刑的耶稣也聪明得多哩！至于现在，国民比聪明的孔子更聪明了！

　　我希望中国有痴呆的人出现！没有释迦、耶稣等类的太痴呆也可以，至少像托尔斯泰、易卜生等类的小痴呆是要几个的！现在把痴呆的易卜生底呆话，来介绍给聪明的同胞们吧：

　　"不完全，则宁无！"

原题《误用的并存和折中》

刊《东方杂志》第十九卷第十号，1922年5月

中国现代文学大师精品集丛书

# 汉字所表现的女性的地位

女性在中国向为一般所贱视，好像不排在"人"的范围以内的。这种被贱视的情形，不但政治上、道德上、法律上、经济上可以看得出，甚至于在日常所用的语言文字中也随处可以发见。"妇人之见"，"妇人之仁"，"妇孺皆知"……哪一句不是鄙斥女性的熟语？不但熟语，即单字也是如此。

寒夜无聊，偶从字典来把"女部"的字来一一检查，觉得"女部"所列的字很足说明中国女性的屈辱。"女部"所收的字，除"女"字外，共一百七十五字（我身边所有的是商务印书馆的《新字典》），依其性质，可分五类：

一、表女性的称呼的，全部字数中，属于此类的共五十三，如下：

此外还有二十一个固有名词，如：

夏丏尊精品集

姚、妹、娥、妘、妲、娄、娲、嫘、嫫、娴、诺、嫘、嫫、孋、嬴、妫、妪、嫦、姜、嫘、姑。

以上都是名词，除固有名词外，都是表示称呼的。其中如"妇"字，已是"服于人"的意思；"妾""妓""娼"等，更是女性专有屈辱名词。要找一个相对的男性名词，实在找不出来。至于"奴"，原似两性兼用的，可是也竟单以女字来作偏旁了！

二、表人性的缺点的共二十八字，如下：

奸、妎、妖、妄、妨、姦、嫜、婪、婾、蹀、媿、妒、嫉、嫌、嫚、嫪、嬖、嬲、嬾、嫖、姻、妮、娭、娻、娸、媚、姍、媾。

上面所列都是指人性的缺点的。人性的缺点原是两性共有，不应专归过于女性；可是从字的构造上看来，竟好像只有女性有缺点，而世间一切的罪恶，都是女性包办似的。这也许是"女性中心说"的一种滑稽的证据吧！

三、表女性的功用的，可归入此类的只有五字，如下：

妊、姙、娠、娩、孋。

这五字中，除"妊"和"姙"是同字异体外，共只四字。这四字的意义相差无几，不外乎是孕育生产的意思。原来女性的任务就只生殖，就只不过是一部生殖的机器！

四、表男性所喜欢的女性的美质的共四十九字，如下：

好、妩、妹、妙、妆、妥、姁、姍、姚、姣、婍、妍、姿、娥、媚、姹、婷、娓、娌、娙、娱、娜、娟、婴、婉、媌、嫭、媖、媞、婧、嫩、嫣、嬒、嫩、嬬、妃、婳、嫽、嫵、嬈、嬉、婵、娇、娜、嬛、嬥、孌、孅、婷。

以上所列的似乎都是女性的好称谓，凡颂扬女性都要用这类的辞。可是这种称誉大概出之于男性的口中或笔端。女性的这类性质，正是合乎男性的要求的。女性有了这类的性质，然后可作男性的玩弄品！女性的所以有这类性质，全由于男性淘汰的结果，实是历代的屈辱的结晶！

五、表男女间的结合关系的共十二字，如下：

妃、媲、婚、娶、媒、妁、姤、媾、嫁、媵、嫔、姘。

上面的字是表男女关系的各形式的。两性关系原应是两性各有关系，可是其所表示的字竟都是女旁。两性关系中占重要位置的"媾"，也好像是女性单面负担的任务！

上五项外，未列入的还有七字：

始、姓、如、委、嬗、娑、威。

这七字中，"始"和"姓"字似乎可以用来说明"女性中心说"的。其余的五字与女性关系不深，也随它去了。

依文字的构造上看来，中国女性的屈辱不是很明显地表示着吗？

中国的女性啊！你们甘长受这样的屈辱吗？

原题《中国文字上所表现的女性的地位》
刊《民国日报》副刊《妇女评论》第十二期，1922年12月20日

# 中国的实用主义

前天，本校数学教师刘心如先生和我说："有一个学生问我，数学学了有什么用？"我听了他的话，不觉想起了从书上看见过的一件故事来。几何学的老祖宗欧几利德曾聚集了许多青年教授几何，其中有一青年对于几何学也发生学了有什么用的疑问来，去问欧几利德。欧几利德叫人拿两个铜币给他。这青年莫名其妙起来。欧几利德和他说："你不是问'用'吗？铜币是可'用'的，你拿去用吧！"

刘先生在本校所用的数学教科书是美国布利士的混合数学。美国是以重实用出名的国度，哲学上的实用主义，美国很有几个大家，美国的教育全重实用。这重实用的布利士的数学教科书，学了还怕没有用，中国人的实用狂，程度现在美国以上了！

中国民族的重实利由来已久，一切学问、宗教、文学、思想、艺术等等，都以实用实利为根据。

一、学问　中国古来少有独立的学问：历史是明君臣大义的；礼是正人心的；乐是易风移俗的；考据金石之学是用以解经的……哪一件不是政治或圣人之经的奴隶？这就是各种学问的用处！

二、宗教　中国古来宗教的对象是天，"畏天""敬天"等语时见于古典中。可是中国人对于天的敬畏，全是以吉凶祸福为标准的，以为天能授

福,能降凶,畏天敬天就是想转凶为吉,避祸得福。这种功利的宗教心,和他民族的绝对归依的宗教心全异其趣。佛教原是无功利的色彩的,一传入中国也蒙上了一层实利的色彩。民众间的求神或为求子,或为免灾。所谓"急来抱佛脚",都是想"抛砖引玉",取得较多的报酬。

三、思想　中国无唯理哲学。《易经》总算是论高远的哲理的,但也并不是为理说理,是以为明了理可以致用的。什么吉,什么凶,什么祸福等类的词,充满于全书中。可见《易经》虽说抽象的哲理,其目的所在仍是具体的实用,怪不得到现在流为占卜的工具了。到了孔子,这实用主义越发明白表示了。"未知生,焉知死","子不语怪力乱神",是何等现世的,实利的!孟子以后,这实利主义更加露骨。孟子教梁惠王齐宣王行仁义,都是以"利"或富国强兵为钓饵的。

和孔孟相较,老子的思想似乎去实用较远,其实内面仍充满着实利的分子。老子表面上虽主张无为,而其目的却在提倡了"无为"去做到"无不为";在某种意义上,实利的欲望可谓远过于孔孟,观法家思想的出于老子,就可知道老子的精神所在了。

四、文学　"文以载道"的中国当然少有纯粹的文学。我们试看上古的文学内容怎样,不是大多数是讽政治之隆污,颂君后之功德的吗?一部《诗经》中纯粹的抒情诗有几?偶然有几首人情自然流露如男女恋爱的诗,也被注家加上别的解释了。《诗经》以后的诗虽实利的分子较少,但往往被人视为小道,视为雕虫小技,除一二所谓"好学者"外是少有兴味的。戏曲小说也是这样,教做劝善惩恶或移风易俗的奴隶。无论如何龌龊的戏剧和小说,只要用着什么"报"字为名,就都可当官演唱,毫无顾忌。做小说戏曲的人也要用"言之者无罪,闻之者足戒"为标语。因为文人作文是要有益于世道人心的,无益于世道人心的文字在中国是不能存在的!

五、艺术　中国虽是古国,可是艺术很不发达,因为艺术和实用是不相调和的。中国历史上的旧建筑物只有城垒等等,至于普通家屋,到现在还不及世界任何的文明国。佛教传入以后,带了许多的佛教艺术来,造像、塔、寺殿等,到中国后虽无远大进步,仍不失为中国艺术上的重要部分。中国对艺术皆用实利的眼光去看,替艺术品穿上一件实利的衣裳。秦汉以

来金石上的吉祥语就是这心情的表现。再看中国画上的题句吧！画牡丹花的，要题什么"玉堂富贵"；画竹子的，要"华封三祝"。水墨龙画是可以避火的，钟馗像是可以避邪的，所以大家都喜欢挂在厅堂里。

中国的实利主义的潮流发源可谓很远，流域也很广泛，滔滔然几乎无孔不入。养子是为防老，娶妻是为生子，读书是为做官，行慈善是为了名声……除用"做什么是为什么"来做公式外，实在说也说不尽！中国对于事情非有利不做，而所谓利，又是眼前的、现世的、个人的利。凡事要用利来引诱才得发生兴趣，所谓"利之所在，人必趋之"。凡事要讲"用"，凡事要问"有什么用？"怪不得现在大家流行所谓"利用"的手段了！

中国人经商向来是名闻全球的。其实，中国人是天生的好商人，即不经商的官僚、兵卒、学者、教师，也都含有商人性质的。

这样传统的实利实用思想，如果不除去若干，中国是没有什么进步可说的！我们生活在地球上，要绝对地不管实用原是不可能的事，但不应只作实用实利的奴隶。世界的文明有许多或是由需要而成的，例如因为要避风雨就发明了房屋，因为要充饥就发明了饮食等。但我们究不应说房屋只要能避风雨就够，饮食只要能充饥就够的。中国人的实用实利主义，实足扑杀一切文明的进化。

又，文明之中，有大部分是发明者先无所为，到了后来却有大用大利的。瓦特用心研究蒸汽力时，何尝想造火车头？居利研究镭，何尝想造夜光表？化学学者在试验室里把试验管用心观察，发明了种种事情，何尝是为了开工场作富翁？发明电气的何尝料到可以驶电车？

人类有创造的冲动，种种文明都可以说是创造冲动的产物。中国人的创造冲动都被浅薄的实利实用主义压灭了！你看，孜孜于实用实利的中国人，有像瓦特、居利那样的文明的创造者发明者吗？旧有的文明有进步吗？火药是中国发明的，在中国不是只做鞭炮吗？罗盘是中国发明的，不是到现在只用来看风水吗？

惟其以实用实利为标准，结果愈无利可得，无用可言。因为对于一切的要求太低，当然不会发生较高的欲望来。例如中国人娶妻的目的在生子，那么就只要有生殖机关的女子就不妨作妻了！社会上实际情形确是如此。

你看这要求何等和平客气，真是所谓"所欲不奢"了！

中国人因为几千年抱实利实用主义的缘故，一切都不进化。无纯粹的历史，无纯粹的宗教，无纯粹的艺术，无纯粹的文学，并且竟至于弄到可用的物品都没有了！国民日常所用的物品，有许多都要仰给外人，金钱也流到外人的手里去！

几千年来抱着实利实用主义的中国人啊！你们的"用"在哪里？你们的"利"在哪里？

刊《国民日报》副刊《觉悟》，1923年1月8日

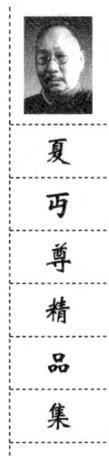

# 读书与瞑想

如果说山是宗教的,那么湖可以说是艺术的、神秘的,海可以说是革命的了。

梅戴林克的作品近于湖,易卜生的作品近于海。

\*

湖大概在山间,有一定数目的鳞介做它的住民,深度性状也不比海的容易不一定。幽邃寂寥,易使人起神秘的妖魔的联想。古来神妖的传说多与湖有关系:《楚辞》中洞庭的湘君,是比较古的神话材料。西湖的白蛇,是妇孺皆知的民众传说。此外如巢湖的神姥(刘后村《诗话》:姜白石有《平调满江红》词,自序云:"《满江红》旧词用仄韵,多不协律……予欲以平韵为之,久不能成。因泛巢湖……祝曰:'得一夕风,当以《平韵满江红》为迎送神曲。'言讫,风与笔俱驶,顷刻而成")、芙蓉湖的赤鲤(《南徐州记》:"子英于芙蓉湖捕得一赤鲤,养之一年生两翅。鱼云:'我来迎汝。'子英骑之,即乘风雨腾而上天,每经数载,来归见妻子,鱼复来迎")、小湖的鱼(《水经注》:"谷水出吴小湖,径由卷县故城下。《神异传》曰:'由拳县,秦时长水县也。'始皇时县有童谣曰:'城门当有血,城陷没为湖。'有老妪闻之忧惧,且往窥城门,门侍欲缚之,妪言其故。后,门侍杀犬以血涂门。妪又往,见血走去,不敢顾。忽又大水长欲没县,主簿令干入白令。令见干曰:'何忽作鱼?'干又曰:'明府亦作鱼',遂乃沦为谷矣")、白马湖的白马(《水经注》:"白马潭深无底。传云:创湖之始,

边塘屡崩,百姓以白马祭之,因以名水。"又,《上虞县志》:晋县令周鹏举治上虞有声,相传乘白马入湖仙去)等都足适当的例证。湖以外的地象,如山、江、海等,虽也各有关联的传说,但恐没有像湖的传说的来得神秘的和妖魔的了,可以说湖是地象中有魔性的东西。

\*

将自己的东西给与别人,还是容易的事,要将不是自己的东西当作自己的所有来享乐,却是一件大大的难事。"虽他乡之洵美兮,非吾土之可怀",就是这心情的流露。每游公园名胜等公共地方的时候,每逢借用公共图书的时候,我就起同样的心情,觉得公物虽好,不及私有的能使我完全享乐,心地的窄隘,真真愧杀。这种窄隘的心情,完全是私有财产制度养成的。私有财产制度一面使人能占有所有,一面却使人把所有的范围减小,使拥有万象的人生变为可怜的穷措大了。

\*

熟于办这事的曰老手,曰熟手,杀人犯曰凶手,运动员曰选手,精于棋或医的人曰国手,相助理事曰帮手,供差遣者曰人手,对于这事负责任的曰经手,处理船务的曰水手……手在人类社会的功用真不小啊。

人类的进化可以说全然是手的恩赐。一切机械就是手的延长。动物虽有四足,因为无手的缘故,进步遂不及人类。

\*

近来时常作梦,有儿时的梦,有遇难的梦,有遇亡人的梦。

一般皆认梦为虚幻,其实由某种意义看,梦确是人生的一部分,并且有时比现实生活还要真实。白日的秘密,往往在梦呓中如实暴露。在悠然度日的人们,突然遇着死亡疾病灾祸等人世的实相的时候,也都惊异的说:"这不是梦吗?""好比做了一场梦!"

梦是个人行为和社会状况的反光镜。正直者不会有窃物的梦,理想社会的人们不会有遇盗劫受兵灾的梦。

\*

高山不如平地大。平的东西都有大的涵义。或者可以竟说平的就是大的。人生不单因了少数的英雄圣贤而表现,实因了蚩蚩平凡的民众而表现的。啊,平凡的伟大啊。

\*

沙翁戏曲中的男性几乎没有一个完全的人。《阿赛洛》中的阿赛洛,《叙

利·西柴》中的西柴等，都是有缺点的英雄；《哈姆列脱》中的哈姆列脱，是空想的神经质的人物，《洛弥阿与叙列叶》中的洛弥阿是性急的少年。

但是，他的作品中的女性几乎没有一个不是聪明贤淑，完全无疵的人。《利亚王》中的可莱利亚，《阿赛洛》中底代斯代马那，《威尼斯商人》中的朴尔谢等，都是女性的最高的典型（据拉斯京的《女王的花园》）。

沙翁将人世悲哀的原因归诸人性的缺陷，这性格的缺陷又偏单使男性负担。在沙翁剧中，悲剧是由男性发生，女性则常居于救济者或牺牲者的地位。

\*

教师对于学生所应取的手段，只有教育与教训二种：教育是积极的辅助，教训是消极的防制。这两种作用，普通皆依了教师的口舌而行。要想用口舌去改造学生，感化学生，原是一件太不自量的事，特别地在教训一方面，效率尤小。可是教师除了这笨拙的口舌，已没有别的具体的工具了。不用说，理想的教师应当把真心装到口舌中去，但无论口舌中有否笼着真心，口舌总不过是口舌，这里面有着教师的悲哀。

\*

能知道事物的真价的，是画家，文人，诗人。凡是艺术，不以表示了事物底形象就算满足，还要捕捉潜藏在事物背面或里面的生命。近代艺术的所以渐渐带着象征的倾向，就是为此。

生物学者虽知把物分为生物与无生物，其实世间的一切都是活着的。泥土也是活的，水也是活的，灯火也是活的，花瓶也是活的，都有着力，都有着生命。不过这力和生命，在昏于心眼的人却是无从看见，无从理会。

\*

学画兰花只要像个兰花，学画山水只要像个山水，是容易的，可是要他再好，是不容易的了。写字但求写得方正像个字，是容易的，可是要他再好是不容易的了。

真要字画文章好，非读书及好好地做人不可，不是仅从字面文章上学得好的。那么，有好学问或好人格的人都可以成书画家文章家了吗？那却不然，因为书画文章在某种意义上是艺术的缘故。

刊《春晖》第三期、第十二期，1922 年 12 日、1923 年 5 月 1 日

# 学说思想与阶级

据说，衣服商作就一种新式花样的衣服的时候，常雇人穿了去在街上及热闹的游戏场行走，使所作出的花样成为流行，引人购买，而自己从中取利。帽子的忽平顶忽圆顶，眼镜的忽大忽小，妇女衣襟的忽直忽圆，以及衣料颜色花样的忽这么忽那么，在遵从者自以为流行时髦，其实这所谓流行时髦，是由制物商操纵而成的。一般趋向流行时髦的人只是上当罢了。

记得有一年，我在杭州，五月中的一天，天气很热，我穿了一件夏布长衫出去，一般讲究衣服的朋友们及街路上的人见了都大以为怪。特别是走过绸庄门口的时候，店员都用手指我，好像在那里批评嘲笑我什么。其实，那时街上已很多赤膊的人了，绸庄店员自己也有许多赤膊的。夏天早到，穿夏布原是合理的事，有什么可嗤笑的呢？可以赤膊而不可以穿夏布长衫，这是何等的矛盾？但在那讲究衣服的及绸庄店员看来，的确是一件不大佳妙的事。如果一到立夏节以后，大家都穿起夏布来，那么那漂亮朋友们的什么纺绸衫、春纱衫、夹纱衫、熟罗衫等将出不来风头，而绸庄也快要关门了！我常计算中国衣服的种类，自夏布长衫起到大毛袍子止，其间共有三十等光景，各有各的时命，不容差次。夏布是要到大伏天才穿的。这种麻烦的等差，在只穿一件竹布长衫过四季的穷人原不算什么，拥护这制度的全是那些漂亮朋友和衣服商人。这情形和夏天暴雨后天气凉得要穿

夹衣的时候,而卖凉粉或西瓜的总是赤着膊大声叫卖一样。

即小可以见大,由以上的例看来,可知社会上所流行的存在的一切东西——制度、风俗以及学说思想等等,都有它的根据。别的且不讲,今夜只讲学说思想。

学说思想本身的成因有二:一是时代的要求,二是个人的倾向。所谓个人,又是时代的产物,无论如何的豪杰,都逃不掉"时代之儿"一句话。即在成因上说,所谓学说思想已不是纯粹不杂的东西。至于一学说一思想成就以后,有的被尊崇,有的被排斥,尊崇与排斥似乎另有标准,与学说思想的本身好坏差不多是无关的。

这标准是什么?老实点说,就是要看这学说思想对于某种阶级有利与否,所谓"各人拜各人的菩萨"。譬如四季只穿竹布长衫的穷人当然不主张衣服的时节的等差,绸庄主当然要反对五月穿夏布长衫。

不过,阶级之中有有权力的阶级,也有无权力的阶级。被权力阶级所拥护的思想学说,当然比无权阶级所拥护的要来得优胜。并且事实上,权力阶级能支配无权阶级,要他怎样就怎样,所以结果只有权力阶级能拥护利用思想学说,思想学说也只有被权力阶级拥护利用了以后才能受人尊崇,存在流行。

我并不敢说学者的思想学说都是为替权力阶级捧场而发生的。(不用说,为捧场而创学说的尽多。)他们创作一学说,构成一思想,也许心中很纯洁,不趋附权势,但是到了后来,自然会有人利用。这是他们所不料及的。

古往今来这种例证尽多,先讲中国的吧。

凡是中国人,无论男的女的,读过书的不读过书的,都知道尊敬崇拜孔夫子、关夫子、岳老爷、朱夫子。我们不敢说这几个圣贤不必崇敬,但所以成一般崇敬的对象,不能不认为别有原因。孔夫子的主张君臣名分,关夫子与岳老爷的为一姓尽力,朱夫子的在《通鉴纲目》中以蜀为正统,都是配皇帝的胃口的。袁世凯在要做皇帝的前一年,令学校读经,令人民崇祀关岳,不是为了这个缘故吗?孟夫子因为说过"民为贵,社稷次之,君为轻","闻诛一独夫纣,未闻弑君也","君之视臣如草芥,则臣视君如寇仇"等类的话,曾被明太祖逐出圣庙。这是很明白的反证。

"天"这一个字,在中国很带着浓厚的宗教意味。皇帝是"天子",皇帝的命运叫"天命",皇帝的杀人叫"天罚天讨",有了这样的一个"天"字的假设,皇帝就被装扮得像人以上的东西了。皇帝祭天,叫人民敬天,自己却在那里"靠天吃饭"。

此外,如所谓"礼"、"命"、"风水"、"星相"等种种的东西,也逃不了同样的嫌疑。叔孙通帮汉高帝作朝仪,汉高帝说,"吾乃今日知为皇帝之贵也!"这是他从"礼"得到好处的自己招供。唯其穷人受苦的时候,能自认八字不好,命运不好,祖坟风水不好,贵族和资本家才有安稳饭吃。否则他们的养尊处优就要失了根据及理由,而世界也就或者早已不能如此"太平"了!

同样的例证,在外国也可随时可见,随举数则于下!

中世纪的哲学完全替基督教建筑基础,这是谁都知道的哲学史上明显的事实。黑格尔哲学在德国皇家保护之下发达,他的"一切实在的都是合理的,一切合理的都是实在的"一句原则,被德皇解作"现存的是正当的"了。亚丹斯密的经济说,马尔萨斯的人口论,是资本阶级所拥护的。因为亚丹斯密主张利用个人的利己心,放任自由,不加干涉,这在资本家看来真是最好没有的学说。马尔萨斯说人口是依几何级数倍加,食物只依算术级数增加,人口每二十五年增加一倍,食物断不能增加一倍,人不能没有食物,结果必至自相残杀,无论如何救济,斯世终是个可悲观的局面。这思想在主张用社会主义以改造现世的人实是很大的打击。如果事实真是如此,社会主义就要失去基础,而在资本家方面,却因此得了暂时的缓冲地了。

最有趣的是犯罪学上的例。意大利犯罪学者中,差不多同时有两个人,一个叫龙勃罗梭,一个叫佛尔利,都于犯罪学上有所发见。龙氏的犯罪学是以骨相术为基础的。他以为凡是犯罪的人,都是骨相异常的人,凡骨相异常的人,先天的就非作恶犯罪不可。佛尔利呢,把犯罪的原因分有三类:一、人类学的原因,二、风土的原因,三、社会的原因。其中所谓人类学的原因,和龙氏所说大致相类,至于风土的原因和社会的原因,实是龙氏所未发的创见。在学说的精粗上,佛氏当然胜于龙氏。可是龙氏的犯罪学为一般人所推崇,而佛氏却受人冷遇。因为龙氏把犯罪的原因全归诸

犯罪者先天的骨相，社会上的特权阶级对于犯罪者可以不负责任，龙氏的所说不啻替特权阶级辩护罪恶。佛氏于犯罪的原因中列着社会的原因，他说："在人的身心上，没有再胜于饥饿的害恶的。饥饿是一切非人情的反社会的感情之源，饥饿存在之时，什么爱，什么人情，都不可能。"这正触着特权阶级的痛处了。在特权阶级握着势力的期内，他的被世人冷遇宁是当然的事。

此外可举的例证很多，仅上面的若干事例，已足窥见大概了吧。如果用了这眼光去观察一切，我们实不能不把一切怀疑。法律、男女道德等的所以如此，觉得都另有原因，并不是非如此不可的。

阶级的权力总有时可以移转。马克斯的经济学说，渐有取亚当斯密而代之的状况了，女子的势力如果再发展一点，男女间的关系或许更改。东洋留学生势盛的时候，学校一切制度都流行日本式，现在是美国留学生得意的时代，学校一切制度当然要变成美国风。不信，但看现在大吹大擂的新学制！

我们对于世间一切须有炯眼，须看出一切的狐狸尾巴，不要被瞒过了。

刊《春晖》第二十八期，1924年5月1日

# 闻歌有感

　　　　一来忙，开出窗门亮汪汪；
　　　　二来忙，梳头洗面落厨房；
　　　　三来忙，年老公婆送茶汤；
　　　　四来忙，打扮孩儿进书房；
　　　　五来忙，丈夫出门要衣裳；
　　　　六来忙，女儿出嫁要嫁妆；
　　　　七来忙，讨个媳妇成成双；
　　　　八来忙，外孙剃头要衣装；
　　　　九采忙，捻了数珠进庵堂；
　　　　十来忙，一双空手见阎王。

　　十一岁的阿吉和六岁的阿满又在唱这俗谣了。阿满有时弄错了顺序，阿吉给伊订正。妻坐在旁边也陪着伊们唱，一壁拍着阿满，诱伊睡熟。

　　这俗谣是我近来在伊们口上时常听到的，每次听到，每次惆怅，特别是在那夏夜的月下，我的惆怅更甚。据说，把这俗谣输入到我家来的是前年一个老寡妇的女佣。那女佣从何处听来，不得而知了。

　　几年前，我读了莫泊桑的《一生》，对女主人公的一生的经过，感到不可言说的女性的世界苦。好好的一个女子，从嫁人，生子，一步一步地陷入到"死"的口里去。因了时代和国土，其内容也许有若干的不同，但总逃不出那自然替伊们预先设好了刻版的铸型一步。怪不得贾宝玉在姐妹嫁人的时候要哭了！

《一生》现在早已不读，并且连书也已散失，不在手头了，可是那女性的世界苦的印象，仍深深地潜存在我心里，每次见到将结婚或是结婚了的女子，将有儿女或是已有儿女的女子，总不觉要部分地复活，特别是每次听到这俗谣的时候，竟要全体复活起来。这俗谣竟是中国女性的"一生"！是中国女性"一生"的铸型！

我的祖母，我的母亲，已和一般女性一样都规规矩矩地忙了一生，经过了这些刻版的阶段，陷到"死"的口里去了。我的妹子，只忙了前几段，以二十七岁的年纪，从第五段一直跳过到第十段，见阎王去了！我的妻正在一段一段地向这方走着！再过几年，眼见得现在唱这歌的阿吉和阿满也要钻入这铸型去！

记得有一次，我那气概不可一世的从妹对我大发挥其毕生志愿时，我冷笑说：

"别做梦吧！你们反正是要替孩子抹尿屎的！"

从妹那时对于我的愤怒，至今还记得。后来伊结婚了，再后来，伊生子了，眼见伊一步一步地踏上这阶段去！什么"经济独立"，"出洋求学"等等，在现在的伊已如春梦浮云，一过便无痕迹。我每见了伊那种憔悴的面容，及管家婆的像煞有介事的神情，几乎要忍不住下泪。可是伊却反不觉什么，原来"家"的铁笼，已把伊的野性驯伏了！

易卜生在《海得加勃勒》中，借了海得的身子，曾表示过反对这桎梏的精神。苏特曼在《故乡》中也曾借了玛格娜的一生，描写过不甘被这铁笼所牢缚的野性，且不说世间难得有这许多的海得、玛格娜样的新妇女，即使个个都是，结果只是造成了第三性的女子，在社会看来也是一种悲剧。国内近来已有了不少不甘为人妻的"老密斯"，和不愿为人母的新式夫人。女性的第三性化似已在中国的上流社会流行开始了！如果给托尔斯泰或爱伦凯女士见了，不知将怎样叹息啊！

贤妻良母主义虽为世间一部分所诟病，但女性是免不掉为妻与为母的。

说女性于为妻与为母以外还有为人的事则可以，说女性既为了人就无须为妻为母决不成话。既须为妻为母，就有贤与良的理想的要求，所不同的只是贤与良的内容解释罢了。可是无论把贤与良的内容怎样解释，总免不掉是一个重大的牺牲，逃不出一个"忙"字！

自然所加给女性的担负真是严酷。《创世记》中上帝对于第一对男女亚当夏娃的罚，似乎待女性的比待男性的苛了许多。难道真是因为女性先受了蛇的诱惑的缘故吗？抑是女性真由男性的肋骨造成，地位价值根本上不及男性？

中馈，缝纫，奉夫，哺乳，教养……忙煞了不知多少的女性。个人自觉不发达的旧式女性一向沉没在自然的盲目的性意识里，千辛万苦，大半于无意识中经过，比较地不成问题。所最成问题的是个人自觉已经发展的新女性。个人主义已在新女性的心里占着势力了，而性的生活及其结果，在性质上与个人主义却绝对矛盾。这性与个人主义的冲突，就是构成女性世界苦的本质。故愈是个人自觉发达的新女性，其在运命上所感到的苦痛也应愈强。国内现状沉滞麻木如此，离所谓"儿童公育""母性拥护"等种种梦想的设施还很远很远，无论在口上笔上说得如何好听。女性在事实上还逃不掉家庭的牢狱。今后觉醒的女性在这条满是铁蒺藜的长路上将怎样去挣扎啊！

叫新女性把个人的自觉抑没了，来学那旧式女性的盲目的生活，减却自己的苦痛吗？社会上大部分的人们也许在这样想。什么"女子教育应以实用为主"，什么"新式女子不及旧式女子的能操家政"，种种的呼声都是这思想的表示。但我们断不能赞成此说，旧式女性因少个人的自觉，千辛万苦都于无意识中经过，所感到的苦痛不及新女性的强烈，这种生活自然是自然的，可是与普通的生物界有何两样！如果旧式女性的生活可以赞美，那么动物的生活该更可赞美了。况且旧式女性也未始不感到苦痛，这俗谣中所谓"忙"，不都是以旧式女性为立场的吗？

一切问题不在事实上，而在对于事实的解释上。女性的要为妻为母是事实，这事实所给于女性的特别麻烦，因了知识的进步及社会的改良，自然可除去若干，但断不能除去净尽。不，因了人类欲望的增加，也许还要在别方面增加现在所没有的麻烦。说将来的女性可以无苦地为妻为母，究

是梦想。

我不但不希望新女性把个人的自觉抑没，宁愿希望新女性把这才萌芽的个人的自觉发展强烈起来，认为妻为母是自己的事，把家庭的经营，儿女的养育，当作实现自己的材料，一洗从来被动的屈辱的态度。为母固然是神圣的职务，为妻是为母的预备，也是神圣的职务。为母为妻的麻烦不是奴隶的劳动，乃是自己实现的手段，应该自己觉得光荣优越的。

"我有男子所不能做的养小孩的本领！"

这是斯德林堡某作中女主人公反抗丈夫时所说的话。斯德林堡一般被称为女性憎恶者，但这句话却足以为女性吐气。我们的新女性，应有这自觉的优越感才好。

苦乐不一定在外部的环境，自己内部的态度常占着大部分的势力。有花草癖的富翁不但不以晨夕浇灌为苦，反以为乐，而在园丁却是苦役。这分别全由于自己的与非自己的上面，如果新女性不彻底自觉，认为妻为母都不是为己，是替男子作嫁，那么即使社会改进到如何的地步，女性面前也只有苦，永无可乐的了。

心机一转，一切就会变样。《海上夫人》中，爱丽妲因丈夫梵格尔许伊自决去留，说"这样一来，一切事都变了样了！"伊就一变了从前的态度，留在梵格尔家里，死心塌地做后妻，做继母。这段例话通常认作自由恋爱的好结果，我却要引来作心机一转的例。梵格尔在这以前并非不爱爱丽妲，可是为妻为母的事，在爱丽妲的心里，总是非常黯淡。后来一转念间，就"一切都变了样了！"所谓"烦恼即菩提"，并不定是宗教上的玄谈啊！

妇女解放的声浪在国内响了好几年了，但大半都是由男子主唱，且大半只是对于外部的制度上加以攻击。我以为真正妇女问题的解决，要靠妇女自己设法，好像劳动问题应由劳动者自己解决一样。而且单攻击外部的制度，不从妇女自己的态度上谋改变，总是不十分有效的。老实说，女性的敌就在女性自身！如果女性真已自己觉得自己的地位并不劣于男性，且重要于男性，为妻，产儿，养育，是神圣光荣的事务，不是奴隶的役使，自然会向国家社会要求承认自己的地位价值，一切问题应早已不成问题了。唯其女性无自觉，把自己神圣的奉仕认作屈辱的奴隶的勾当，才致陷入现

在的堕落的地位。

有人说，女性现在的堕落是男性多年来所驯致的。这话当然也不能反对。但我认为无论男性如何强暴，女性真自觉了，也就无法抗衡。但看娜拉啊！真有娜拉的自觉和决心，无论谁做了哈尔茂亦无可奈何。娜拉的在以前未能脱除傀儡衣装，并不是由于哈尔茂的压迫，乃是娜拉自身还缺少自觉和决心的缘故。"小松鼠""小鸟儿"等玩弄的称呼，在某一意义上可以说是娜拉甘心乐受，自己要求哈尔茂叫伊的啊！

正在为妻为母和将为妻为母的女性啊！你们正"忙"着，或者快要"忙"了。你们在现在及较近的未来，要想不"忙"是不可能的。

你们既"忙"了，不要再因"忙"反屈辱了自己，要在这"忙"里发挥自己，实现自己，显出自己的优越，使国家社会及你们对手的男性，在这"忙"里认识你们的价值，承认你们的地位！

刊《新女性》第七号，1926年7月

# 文艺随笔

## 作家的妻

"你真是幸福的女人啊!"

"为什么?"

"嫁了那样的大作家,很愉快吧。"

"作家这东西,与其和他接近,远不如读他的著作来得有趣哩。"

这是阿支巴绥夫《嫉妒》中的一节,向日读了也不觉得什么。近来因了时与作家相会,认识了不少的作家,有时还得会见作家的夫人,每每令我记起这会话来。

## 小说的开端

小说的开端,是作家所最苦心的处所,凡是名作家,无有不于开端的文字加以惨淡经营的。

在日本的作家中,我近来所耽读的是岛崎藤村氏的作品。岛崎氏在文章上的造诣,实堪惊叹,他的开端的文字,尤为我所佩服,随举数例如:

莲华寺是兼营着寄宿舍的。

《破戒》的开端

桥本的家的厨房里，正在忙着做午饭。

《家》的开端

拿到钟表店里去修的八角形的挂钟，又在室内柱间，依旧发出走声来了。

《出发》的开端

什么说明都不加，开端就把阅者引入事情的深处，较之于凡手的最先叙景，或介绍主人公的来历等的作法，实在高明得多。

藤村是个自然主义作家，这种笔法，原也就是一般自然主义文学的格调，并不足异。但在藤村却似别有所自。藤村在其感想集《待着春》中，有一节就是说着这小说开端的文字的。

片上伸君的近著里有一卷《托尔斯泰传》。其中有托尔斯泰家人共读普西金的小说的一节。

"恰好托尔斯泰进来了，偶然拿起书来一看，翻开着的恰是普西金的某散文的断片，开端写着：'客人群集到村庄来了。'托尔斯泰见了说：'开端要这样才好，普西金才是我们的教师，开始就把读者诱入事件的中心趣味。如果是别个作者，也许会先细写一个一个的客人，可是普西金却单刀直入地进入事件的中心了。'这时在旁有一个人说：'那么请你也像这样写了试试如何？'托尔斯泰立刻走进自己的书斋里，把《安那卡莱尼那》的开端写好了。这书初稿的开端是：'阿勃隆斯希氏的家里，什么都骚乱了。'到了后来，才像现在的样子，上面又加了'凡幸福的家庭彼此相似，不幸的家庭，皆各别地不幸，'一行的前置。"

读了这，托尔斯泰所求的东西大概可窥见了吧。又可知道这并不是偶然的事了吧。爱托尔斯泰的不应只爱读他的著作，还应求他所求的东西。

"普西金才是我们的教师。"觉得这是托尔斯泰风的良言。

看了这段记载,可恍然于藤村文章上的见解。他的作风的所以如此,实非无故。对于托尔斯泰,虽如此共鸣,总不肯在文章上加主观的解释,这就是藤村的所以为 realist 的地方吧。

## 读圣书

近来常有许多嗜文学的青年问我读什么书好?我不是胡适之,也不是梁启超,有系统的书目是开不出来的,照例地回答,只是问他:

"你读过基督的圣书没有?"

我不是基督教徒,却常劝青年读圣书,特别地对于想从事于文学的青年。这并不是故意与"打倒基督教"的口号反抗,也并不是在报上看了某大人物结婚用了基督教式,想学时髦,实在有别的理由。

第一,西洋文艺思潮里,基督教思想占有重要的位置,文艺作家所用的题材,都直接从圣书取得,思想也都与圣书有关,或是圣书某章的敷衍,或是反对圣书某章的。不略读过圣书的人,不能读弥尔东的《失乐园》,不能读王尔德的《沙乐美》,不能读托尔斯泰及道斯道伊夫斯奇的作品。

第二,西洋文学家文体有许多是摹仿圣书的,王尔德的《沙乐美》摹仿《雅歌》,尼采的《查拉托斯托拉》摹仿《箴言》。现在漂亮的青年喜读王尔德的《沙乐美》,喜读尼采的《查拉托斯托拉》,而不喜读其文字所从出的圣书,真是一件可惜的事。

食物的原料是吃不来的,要经过烹调才可口。圣书是原料,原不易读,但我们要沙里淘金地从原料里烹调出可口的东西来。

刊《一般》第四卷第一期,1928 年 1 月

# 知识阶级的运命

一

　　近来阶级意识猛然抬头，有种种的阶级的名称，其中一种叫做知识阶级。

　　知识阶级是什么？如果依照了唯物的社会主义论者的口吻来说，世间只有"勃尔乔"与"普洛列太里亚"两种阶级，别没有什么可谓知识阶级的了。我国古来分人为四种，叫做"士农工商"，知识阶级，似乎就是古来的所谓士。但古来的士，人数不多，向未成为一阶级。并且古代封建制度倒坏已久，现在要想依照士的地位来生活断不可能。任凭你讨老婆用"士婚礼"，父母死了用"士丧礼"，父亲根本不是大夫。你也没有世禄，将如何呢？

　　知识阶级的正体实近于幽灵，难以捉摸。说他是无产者呢，其中却有每小时十元、出入汽车的大学教授，展览会中一幅油画要售数千金（虽然大家买不起，从无销路）的画家，出洋回国挂博士招牌的学者。说他是资本家呢，其中又有月薪十元不足的小学教师，被人奴畜的公署书记，每几字售一个铜板的文丐。知识阶级之中实有表层中层与底层之别：同一教育者，大学教授（野鸡大学当然不在其内）是上层，小学教师是下层；同一文人，月收版税数千元或数百元的是上层，每千字售二三元的是下层。上层的近于资本家或正是资本家，下层的近于无产阶级或正是无产阶级。

就广义言，不管上层与下层都可谓之知识阶级；就狭义言，所谓知识阶级者实仅指下层的近于无产阶级或正是无产阶级的人们。因为在上层的人数不多，并不足形成一阶级的。

为划清范围计，姑且下一个知识阶级的定义如下：

所谓知识阶级者，是曾受相当教育，较一般俗人有学识趣味与一艺之长的人们。学校教员、牧师、画家、医师、新闻记者、公署职员、文士、工场技师，都是这类的人物；现在中学以上的学生，就是其候补者。

## 二

"儒冠误人"，知识阶级的失意原是古已有之的事。可是古来知识阶级究竟有过优越的地位。"万般皆下品，唯有读书高"，太远的事且不谈，二十年以前，秀才到法庭就无须下跪，可以不打屁股的。光绪中叶，"洋务"大兴，科举初废，替以学堂，略谙ABCD，粗知加减乘除，就可睥睨一世自诩不凡，群众视留学生如神人，速成科出身的留学生升官发财，爬上资本家的地位者尽多。当时知识阶级（其实有许多是无知阶级）的被优遇，真是千载一时的了。"重赏之下，必有勇夫"，于是学校渐以林立，做父兄的不惜负了债卖了产令子弟求学，预备收一本万利之效；做子弟的亦鄙农工商而不为，鲫鱼也似地奔向中学或大学去。官立学校容不下了，遂有许多教育商人出来开设许多商店式的中学或大学。三年以前，只上海一区就有大学三十八所，每逢星期，路上触目可见到着皮鞋洋服挂自来水笔的学生，懿欤盛矣！

但世间好事是无常的，知识阶级的所以受欢迎，实由于数目的稀少。金刚石原是贵重的东西，如果随处随时产出，就要不值世人一顾了。全国教育诚不能算已发达，中等以上的毕业生年年产数当不在少数，单就上海一隅说，专门或大学毕业生可得几千，全国合计，应有几万吧。这每年几万的知识阶级，他们到哪里去呢？有钱有势的不消说会出洋，出洋最初是

到日本,十五年前流行的是到美国,现在则一致赴法兰西了。出洋诸君一切问题尚在成了博士以后,暂且搁在一边,当面所要考察的是无力镀金留在本国的诸君的问题。

不论是习农的习商的习工的或是习什么的,在中国现今,知识阶级的出路只有两条康庄大道,一是从政,一是教书。不信,但看事实!中国已有不少的农科毕业生了,试问全国有若干区的农场?已有不少的工科毕业生了,试问够得上近代工业的工厂有几处?至于商业,原是中国人素所自豪的行业,但试问公司银行店员是经理股东的亲戚本家多呢,还是商科毕业生多?于是乎知识阶级的诸君只好从政与教书了。从政比较要有手腕,教书比较要有实力,那么无手腕无实力的诸君怎样呢?

友人子恺的《漫画集》中曾有一幅叫做《毕业后》的,画有一西装少年叉手枯坐,壁间悬着大学毕业证书。这虽是近于刻毒的讽刺,但实际上这样画中人恐怕到处皆是吧。

民十三年上海邮局招考邮务员四十人,应试者逾四千人。我有一个朋友曾毕业于日本东京高师英语部的,亦居然去与试,取录是取录了,还须候补,这位朋友未及补缺,已于去年死了。去年之秋,上海某国立大学招考书记七人,而应试者至百六七十人之多。我曾从做该校教授的朋友某君处看到他们的试卷与相片履历,文章的过得去不消说,字体的工整,相貌的漂亮,都不愧为知识阶级,其履历有曾从法政专门毕业做过书记官的,有曾在某大学毕业的,有曾在师范学校毕业做过若干年的小学教师的。我那时不禁要叹惋说:"斯文扫地尽矣!"

## 三

找不着饭碗的知识阶级,其沉沦当然可悯,那么现有着位置的知识阶级,其状况可以乐观了吗?决不!决不!

先试就现在知识阶级的出路从政与教书来说吧。除了法政学校,学校概无做官的科目,知识阶级的从政原是牛头不对马嘴,饥不择食的事。大官当然是无望的,有奥援而最漂亮的够得上秘书或科长,其余的幸而八行书有效,也只好屈就为科员或雇员之类。

姑不论"等因""准此"工作的无趣味,政潮一动,饭碗亦随之动摇。年前各军政机关的政治部被解散时,几百几千的挂斜皮带的无枪阶级的青年立时风流云散,弄得不凑巧,有的还要枉受嫌疑,不能保其首领呢!教书比较地工作苦些,地位似也安稳些,但实际,教育随政潮而变动,结果这里一年,那里半年,也会使你像孔子似地"席不暇暖",还有欠薪咧、风潮咧等类的麻烦。其他,如新闻记者,如书肆编辑。表面上虽都是难得的差强人意的职业,实际却极无聊。百元左右的薪水已算了不得,在都会生活中要养活一家很是拮据,结果书肆和报馆也许大赚了钱,而记者编辑先生们却只会一日一日地贫穷下去。

现在中国知识阶级的状况真是惨淡,实业的不发达,政治的不安定,结果各业凋敝,而首当其冲的就是那附随各业靠月薪过活的知识阶级。无职的谋职难,未结婚的求偶难,有子女的子女教育经费难,替子女谋职业难,难啊难啊,难矣哉,知识阶级的人们!

## 四

凡是一阶级,必有一阶级的阶级意识。知识阶级的阶级意识是什么?这是值得考察的。

有一次,我去赴朋友的招宴。那朋友是研究艺术的,同座的有一位他的亲戚,新由投机事业发财的商人。席间,那朋友与商人有一段对话。

"你发了财了,预备怎么样?"

"我恨得无钱苦,预备从此也享些福。"

"有了钱就可以享福了吗?"

"那自然,可以住好的,着好的,吃好的,要字画,要古董,都可立刻办到。你前次不是叹吴昌硕的画好,可惜买不起吗?"

"我劝你别妄想享福,还是专门去弄钱吧。"

"为什么我不能享福?"

"享福不是容易的事。譬如住,你大概所希望的只是七间三进的大厦吧,那种大厦并不一定好看。"

"那我会请工程师打样,还要布置一个好好的花园哩!"

"工程师所打的样子,究竟好不好,你要判别也不容易。即使那样子在建筑艺术上本是好的,也得有赏鉴能力的才会赏鉴。你方才说起吴昌硕的画,有钱的原可花几十块钱买一幅挂在屋子里。但在无赏鉴能力的人,无从知道他的妙处好处,只知道值几十块钱而已。那岂不是只要在壁上糊几张钞票就好了吗?"

那朋友这番话说得那新发财的商人俯首无言。我在旁听了暗暗称快,为之浮一大白。同时想到这就是知识阶级共通的阶级意识。

"长揖傲公卿","彼以其富,我以我仁,彼以其爵,我以我义"。知识阶级的睥睨富贵,自古已然。这血统直流到现在毫无改变。今日的知识阶级一方面因自己尚未入无产阶级,对于体力劳动者有着优越感,一方面又以自己的知识教养与资本家挑战。"守财奴","俗物",是知识阶级用以攻击资本家的标语。"穷措大","寒酸",是资本家用以还攻的标语。

## 五

这"金力"与"知力"的抗争,究竟孰胜孰负呢?在从前,原是胜负互见,而大众的同情却都注意于知力的一方。往昔的传说小说戏剧中。以这抗争作了题材而把胜利归诸知力而诅咒金力者很多。名作如《桃花扇》,通俗本如《珍珠塔》,都曾把万斛的同情注于知识阶级。

可是现在怎样?

现在是黄金万能的时代了。黄金原是自古高贵的东西,不过在从前物质文明未发达时,生活上的等差不如现今之甚,有钱的住楼房,无钱的住草舍,有钱的夏天摇有画的纸扇,无钱的摇蒲扇,一样有住,一样得凉,虽相差而不甚远,所以穷人还有穷标可发。现在是有钱的住高大洋房,无钱的困水门汀了,有钱的坐汽车兜风,房子里装冷气管,无钱的汗流浃背地拉黄包车,连摇蒲扇的余暇都没有了。有钱者如彼,无钱者如此,见了钱怎不低头呢!知识阶级虽无钱,但尚未堕入无产的体力劳动者队里去,一方恐失足为体力劳动者,一方又妄思借了什么机会一跃而为准资本家,于是辗转挣扎,不得不终年在苦闷之中。他们要顾体面,要保持威严,体力不如劳动者,职业又不如劳动者的易得,真是进退维谷的可怜的动物。

因此知力对金力的争抗，阵容不得不改变了，所谓"士气"已逐渐消失。我那朋友对那新发财的商人的态度，原是知识阶级以知力屈服金力的千古秘传，可是在现在只是无谓的豪语而已。画家的画无论怎样名贵，有购买力的是富人，文学者的作品如不迎合社会一般心理，虽杰出亦徒然。所以在现在，一切知识阶级都已屈服于金力之下，一字不识的军阀可以使人执笔打四六文的电报，胸无半点丘壑的俗物，可以令人布置幽胜的庭园。文士与庭园意匠师，同时亦不得不殉了"金力"的要求，昧了良心把其主张和艺术观改换面目。

现在的理想人物，不是名流，不是学者，是富人。官僚的被尊敬，并不因其是官僚，实因其是未来的富人。知识阶级的上层的所谓博士之类，其所以受社会崇拜，并不因其学问渊博，实因其本是富人（穷人是断不会成博士的），或将来有成富人的希望。如果叫《桃花扇》《珍珠塔》等的作者在现在再写起作品来，恐亦不会抹杀了事实，作一相情愿的老格套，把美丽的女主人公嫁给名流或穷措大了。不信，但看当世漂亮的小姐们的趋向！

## 六

知识阶级的地位已堕落至此，他们将何以自救呢？他们"武装起来"了吗？他们的武器是什么？

他们不如资本家的有金力，又不如劳动者的有暴力，他们的武器有二，一是笔，一是口。他们的战略只是宣传。"处士横议"，孟子也曾畏惧他们的战略，秦始皇至于用了全力来对付他们，似乎很是可怕的东西。但当时之所谓士者，性质单纯，不如现今知识阶级分子的复杂。当时的金力也不如今日之有威严。今日的知识阶级，欲其作一致的宣传，是不可能的，一方贴标语呼口号要打倒谁，一方却在反对地贴标语呼口号要拥护谁，正负相消，结果虽不等于零，效用也就无几。并且，知识阶级无论替任何阶级宣传，个人也许得一时的好处，对于其阶级本身往往不但无益而且有损。例如五四以后，知识阶级替劳动者宣传，所谓"劳动运动"者就是。但其实，那不是"劳动运动"，是"运动劳动"。如果有一日劳动者真觉醒了，

中国现代文学大师精品集丛书

真正的"劳动运动"实现以后，知识阶级的地位怎样？不消说是愈不堪的。我并不劝人别作劳动运动，利害自利害，事实自事实，无法讳饰的。左倾的宣传得不到好处，那么作右倾的宣传如何？知识阶级已成了金力的奴隶，再作右倾的宣传，金力的暴威将愈咄咄逼来，当然更是不利于其阶级本身的了。

知识阶级有其阶级意识，确是一个阶级，而其战斗力的薄弱实是可惊。他们上层的大概右倾，下层的大概左倾，右倾的不必说，左倾的也无实力。他们决不能与任何阶级反抗，只好献媚于别阶级，把秋波向左送或向右送，以苟延其残喘而已。他们要待其子或孙堕入体力劳动者时才脱离这境界，但到那时，他们的阶级也已早不存在了。

## 七

如果有人问：知识阶级何以有此厄运？我回答说：这是他们的运命！不但中国如此，全世界都如此。法学士充当警察，是日本所常有的。

友人章克标君新近以其所译莫泊桑的《水上》见赠，其中有一处描写律师或公署的书记的苦况的，摘录数节于下：

啊！自由！自由！唯一的幸福，唯一的希望，唯一的梦幻，在一切可怜的存在中，在一切种类的个人中，在一切阶级的劳工中，在为了每日的生活而恶战苦斗的人们之中，这一类人是最可叹了，是最受不了天惠的了。

……

他们下过学问上的工夫，他们也懂得些法律，他们也许保有学士的头衔。

我曾经怎样地切爱过 Jules Vallès 的奉献之词：

"献呈给一切受了拉丁希腊的教养而饿死的人。"

晓得那些可怜的人们的收入么？每年八百乃至一千五百法郎！

阴暗的辩护士办公室的佣人，广大的公署中的雇员，啊，你们每朝不得不在那可怕的牢狱之门上，读但丁的名句：

"舍去一切的希望,你们,进来的人啊!"

第一次进这门的时候,只有二十岁,留在这里,等到六十岁或在以上,这长期间的生活,毫无一点变动,奎生涯始终一样,在一只堆满绿色纸央的桌子,昏暗的桌子边过去了。他们进来是在前程远大的青年时代,出去的时候,老到近于要死了。我们一生中所造作的一切,追忆的材料,意外的事件,欢喜或悲哀的恋爱,冒险的旅行,一切自由生涯中所遭际的,这一类囚人都不知道的。

这虽是描写书记的,但对于大部分的知识阶级,如学校教师,如新闻记者,如书肆编辑,如官署僚友等,不是也可以照样移赠了吗?

现在或未来的知识阶级诸君啊,珍重!

刊《一般》第十七号,1928年5月

# "中"与"无"

我在数年前，曾因了一时的感想，作过一篇题曰《误用的折中和并存》的文字（见《东方杂志》十九卷十号），对于国人凡事调和不求彻底的因袭的根性有所指摘，对于误解的"中"的观念有所攻击，但却未曾说及"中"字的正解。近来读书瞑想所及，觉得"中"可与老子的"无"作关联的说明的。不揣浅陋，发为此文。

先把我的结论来说了吧："中"与"无"是同义而异名的东西，是一物的两面。"中"就是"无"，"无"就是"中"。

"中"字在我国典籍上最初见于《易》的"时中"，《论语》有"允执其中"，说是尧舜禹相传的话，可是《尚书》里却不见有此。《洪范》说"极"而不说"中"，"极"义似"中"。其"无偏无党，王道荡荡，无党无偏，王道平平，无反无侧，王道正直"几句，似乎亦就是"中"字的解释。把"中"字说得最丁宁反复者，不用说要推子思的《中庸》了。

尧舜禹的是否历史上实有的人物，《洪范》的真伪，以及《中庸》的是否为子思所作，老子的所谓"无"是否印度思想，这样烦琐的考证学上的议论，这里预备一概不管。姑承认"中"与"无"是中国古代的两种的思想，如果不承认，那么说世界上曾有过这两种思想也可以。因为我所要说的只是这两种思想的异同，并不想涉及其史的关系。并且"中"的观念也不是中国独有的。

事实上,"中"字在佛教的典籍里比儒书用得更多。我们只要略翻佛乘,就随处可见到"中"字。天台宗的所谓"空""假""中"三谛,法相宗于教相判释上以中道为最后之佛说,所谓第三时教,就是中道,都用着"中"字。至于龙树的《中论》,那是专论"中"字的书了。

"中"是甚么?世人往往以妥协调和为"中",这大错特错。"中"决不是打对折的意思,决不是微温的态度,决不是任何数目、程度或方向的中央部分。"中"的观念,非把它作为一元的,非把它提高到绝对的地位,竟是无法解释的东西。

"中"是具否定的性质的,"未"、"不"、"空"等都与"中"相近似。"中"的解释,至少要乞灵于这类的否定辞。换句话说,"中"就是"无"。以下试就典籍来略加论证。

先就《中庸》说,《中庸》谓"喜怒哀乐之未发谓之中",所谓"未",已是否定的了。朱子把"中"解作"不偏不倚,无过不及",这和《洪范》的"无偏无党""无党无偏""无反无侧"几乎是同样的话,也都用着否定辞。孔子称舜"执其两端,用其中于民",赞之曰:"无为而治者其舜也与!"又《中庸》用"诚"字来说明"中"字,而同时说:"诚者不勉而中,不思而得。"试看,"中"字与否定辞的关系何等密切啊!

不但《中庸》如此,《论语》亦然。"时中"二字见于《易》孔子是"圣之时"者,又是主张中庸的,当然是能体得中道的人了。而他说:"予欲无言。"子贡问:"子如不言,则小子何述焉?"他说:"天何言哉?四时行焉,百物生焉。天何言哉?"这和说了几千卷的经的释迦,自谓"一字不说",几乎是同样的风光了。至于《论语》中所载的尧舜禹相传的心法"允执其中",表面上虽没有否定语气,但实则和"无"是同义语,是一观念的两面。世间种种的名相,原为分别起见,对它而有的,既"中"了,就除此以外别无所有,也就等于"无"。当然用不着再立别的名称了。

老子是"无"字的创说者。他在《道德经》里反复说"无","无"就是他的根本思想,但也偶然有"中"字出现。如云"多言数穷,不如守中","守中"就是沉默,就是不说,就是"无"。老子的所谓"无"不是什么都没有,乃是什么都有。他说:"无为而无不为。""无"就是"自然"之意,随顺自然,不妄用己见,虽为等于不为。前面所说的孔子的"予欲无言"和释迦的所谓"一字不说",都是和老子的"无"同样意味的话。

《中庸》开端说"天命之谓性,率性之谓道","率性"就是自然。自然了,就无为而无不为。老子说:"不自见故明,不自是故彰",《中庸》也说:"不见而章,不动而变,无为而成",可谓一鼻孔出气的说法了。

就以上所举的例证来看,说"中"就是"无","无"就是"中",似乎已不是牵强附会的事了吧。"中"的有否定性,到佛乘上更明白,"中"的否定性也因佛家的说法才更彻底更明显。

龙树《中论》反复论"中",他在"中"字上加了"八不"二字,叫做"八不中道"。所谓"八不"者,乃"不生亦不火。不常亦不断,不一亦不异,不来亦不去"。这是两边否定,所谓"是非双遣",比之于儒的"不偏""不倚""无过""无不及"和老的"不言之教""无为"之但否定一边者,不是更彻底了吗?不但《中论》如此,凡是佛典上的究竟语,无不带彻底的否定口气。佛家口里只有"否",没有"是",所谓"离四句,绝百非"。如《维摩诘经观阿閦佛品》,维摩诘述其观如来的风光云:"不一相,不异相,不自相,不他相,非无相,非取相……不此,不彼,不以此,不以彼……无晦无明,无名无相,无强无弱,非净非秽,不在方不离方,非有为非无为,无示无说,不施不悭,不戒不犯,不忍不恚,不进不怠,不定不乱,不智不愚,不诚不欺,不来不去,不出不入,一切言语道断。"满纸但见"非""不""无"等字,这也不是,那也不是,横也不是,竖也不是,所谓真理者毕竟只是个"无所得"的"空"的东西。

"中"是否定的,"中"就是"无"。为什么根本原理的"中"是否定的,而不是肯定的呢?推原其故,实不能不归咎于我们人类的言语的粗笨。言语原是我们所自豪的大发明,人类的所以自诩为万物之灵,最重要的一种资格就是能造言语。可是这人类所自命为了不得的巧妙的言语,在究竟原理上竟是个无灵的东西。

言语原是一种符号,人类为了要达到传授思想感情的目的,不得不用言语来作手段。但像有人自己招供"难以言语形容"的样子,这所用的手段往往不能达预定的目的;不,有时还会因了手段抛荒目的。大概世间所谓争论者,就是从言语的不完全而生的无谓的把戏。言语的功用在分别,分别是相对的。如说大,就有中、小或非大来作它的对辞;说草,就有木、花或非草来作它的对辞。至于绝对的东西,无论如何不是言语所能表示的。把生物与无生物包括了名之为物;试问:再把物与非物包括了,名之为什么?

绝对的东西是"言语道断"的，无法立名，不得已只好权用比较近似的名称来代替。所用的名称是相对的，二元的，而其所寄托的内容是一元的，绝对的，张冠李戴，好比汽水瓶里装了醋，很是名实不符。恐怕人执名误义弄出真方假药的毛病来，于是只好自己说了，自己再来否定。

"中"是个绝对的观念。叫作"中"，原是权用的名称。名称是相对的，于是只好用否定的字来限制解释。"中"在根本上不是"偏""倚""过""不及"等的对辞，世人误解作折衷调和固然错了，朱子解作"不偏不倚，无过不及"，也未彻底。"中"不是"偏"，亦不是"不偏"，不是"倚"，亦不是"不倚"，不是"过"，亦不是"不过"，不是"不及"，亦不是"非不及"。龙树《中论》云："因缘所生法，我说即是空，亦名为假名，亦是中道义。""中"、"空"、"假"是圆融一致的。这是他们有名的"三谛圆融"的教理。

同样，"无"亦不是"有"的对辞，彻底地说，"无"是应该并"无"而"无"之的。庄子就已有"无无"的话了。儒家释"中"，老子说"无"，都只否定一面，确不及佛家的双方否定"是非双遣"来得彻底。

在究竟的绝对的上说，好像沉默胜过雄辩的样子，否定的力大于肯定。"中"与"无"是同义而异名的东西，可是在字面上看来，"无"字比"中"字要胜得多。因为"无"字本身已是否定的，不像"中"字的再须别用"不""非""无"等否定辞来作限制的解释了。老在学说上比儒痛快，也许就在直接用了这否定性质的"无"字。神秀的"身是菩提树，心如明镜台，时时勤拂拭，勿使惹尘埃"，所以不及慧能的"菩提本非树，明镜亦无台。原来无一物，何处惹尘埃"者，不是因为神秀是肯定，而惠能却以否定出之的缘故吗？

否定！否定！否定之义大矣哉！我说到这里不觉记起易卜生的话来了，曰"一切或无"；又不觉记起尼采的话来了，曰"善恶的彼岸"。宁可被人诮我牵强附会，我想，这样说："一切"就是"无"。"一切或无"，是否定一边的见解；"善恶的彼岸"，是"是非双遣"。前者近于儒老的表出法，后者近于佛家的表出法。

刊《民铎》第八卷第五号，1929年4月1日

# 谈　吃

说起新年的行事，第一件在我脑中浮起的是吃。回忆幼时一到冬季就日日盼望过年，等到过年将届就乐不可支，因为过年的时候，有种种乐趣，第一是吃的东西多。

中国人是全世界善吃的民族。普通人家，客人一到，男主人即上街办吃场，女主人即入厨罗酒浆，客人则坐在客堂里口嗑瓜子，耳听碗盏刀俎的声响，等候吃饭。吃完了饭，大事已毕，客人拔起步来说"叨扰"，主人说"没有什么好的待你"，有的还要苦留："吃了点心去"，"吃了夜饭去"。

遇到婚丧，庆吊只是虚文，果腹倒是实在。排场大的大吃七日五日，小的大吃三日一日。早饭，午饭，点心，夜饭，夜点心，吃了一顿又一顿，吃得来不亦乐乎。真是酒可为池，肉可成林。

过年了，轮流吃年饭，送食物。新年了，彼此拜来拜去，讲吃局。端午要吃，中秋要吃，生日要吃，朋友相会要吃，相别要吃。只要取得出名词，就非吃不可，而且一吃就了事，此外不必有别的什么。

小孩子于三顿饭以外，每日好几次地向母亲讨铜板，买食吃。普通学生最大的消费不是学费，不是书籍费，乃是吃的用途。成人对于父母的孝敬，重要的就是奉甘旨。中馈自古占着女子教育上的主要部分。"食不厌精，脍不厌细"，"沽酒，市脯"，"割不正"，圣人不吃。梨子蒸得味道不

好，贤人就可以出妻。家里的老婆如果弄得出好菜，就可以骄人。古来许多名士至于费尽苦心，别出心裁，考案出好几部特别的食谱来。

不但活着要吃，死了仍要吃。他民族的鬼只要香花就满足了，而中国的鬼仍依旧非吃不可。死后的饭碗，也和活时的同样重要，或者还更重要。普通人为了死后的所谓"血食"，不辞广蓄姬妾，预置良田。道学家为了死后的冷猪肉，不辞假仁假义，拘束一世。朱竹垞宁不吃冷猪肉，不肯从其诗集中删去《风怀二百韵》的艳诗，至今犹传为难得的美谈，足见冷猪肉牺牲不掉的人之多了。

不但人要吃，鬼要吃，神也要吃，甚至连没嘴巴的山川也要吃。有的但吃猪头，有的要吃全猪，有的是专吃羊的，有的是专吃牛的，各有各的胃口，各有各的嗜好，古典中大都详有规定，一查就可知道。较之于他民族的对神只作礼拜，似乎他民族的神极端唯心，中国的神倒是极端唯物的。

梅村的诗道"十家三酒店"，街市里最多的是食物铺。俗语说"开门七件事"，家庭中最麻烦的不是教育或是什么，乃是料理食物。学校里最难处置的不是程度如何提高，教授如何改进，乃是饭厅风潮。

俗语说得好，只有"两脚的爷娘不吃，四脚的眠床不吃"。中国人吃的范围之广，真可使他国人为之吃惊。中国人于世界普通的食物之外，还吃着他国人所不吃的珍馐；吃西瓜的实，吃鲨鱼的鳍，吃燕子的窠，吃狗，吃乌龟，吃狸猫，吃癞虾蟆，吃癞头鼋，吃小老鼠。有的或竟至吃到小孩的胞衣以及直接从人身上取得的东西。如果能够，怕连天上的月亮也要挖下来尝尝哩。

至于吃的方法，更是五花八门，有烤，有炖，有蒸，有卤，有炸，有烩，有醉，有炙，有熘，有炒，有拌，真正一言难尽。古来尽有许多做菜的名厨司，其名字都和名卿相一样煊赫地留在青史上。不，他们之中有的并升到高位，老老实实就是名卿相。如果中国有一件事可以向世界自豪的，那么这并不是历史之久，土地之大，人口之众，军队之多，战争之频繁，乃是善吃的一事。中国的肴菜已征服了全世界了。有人说中国人有三把刀为世界所不及，第一把就是厨刀。

不见到喜庆人家挂着的福禄寿三星图吗？福禄寿是中国民族生活上的理想。画上的排列是禄居中央，右是福，寿居左。禄也者，拆穿了说就是

吃的东西。老子也曾说过："虚其心实其腹"，"圣人为腹不为目。"吃最要紧，其他可以不问。"嫖赌吃着"之中，普通人皆认吃最实惠。所谓"着威风，吃受用，赌对冲，嫖全空"，什么都假，只有吃在肚里是真的。

吃的重要更可于国人所用的言语上证之。在中国，吃字的意义特别复杂，什么都会带了"吃"字来说。被人欺负曰"吃亏"，打巴掌曰"吃耳光"，希求非分曰"想吃天鹅肉"，诉讼曰"吃官司"，中枪弹曰"吃卫生丸"，此外还有什么"吃生活""吃排头"等等。相见的寒暄，他民族说"早安""午安""晚安"，而中国人则说："吃了早饭没有？""吃了中饭没有？""吃了夜饭没有？"对于职业，普通也用吃字来表示，营什么职业就叫做吃什么饭。"吃赌饭"，"吃堂子饭"，"吃洋行饭"，"吃教书饭"，诸如此类，不必说了。甚至对于应以信仰为本的宗教者，应以保卫国家为职志的军士，也都加吃字于上。在中国，教徒不称信者，叫做"吃天主教的"，"吃耶稣教的"，从军的不称军人，叫做"吃粮的"，最近还增加了什么"吃党饭""吃三民主义"的许多新名词。

衣食住行为生活四要素，人类原不能不吃。但吃字的意义如此复杂，吃的要求如此露骨，吃的方法如此麻烦，吃的范围如此广泛，好像除了吃以外就无别事也者，求之于全世界，这怕只有中国民族如此的了。

在中国，衣不妨污浊，居室不妨简陋，道路不妨泥泞，而独在吃上分毫不能马虎。衣食住行的四事之中，食的程度远高于其余一切，很不调和。中国民族的文化，可以说是口的文化。

佛家说六道轮回，把众生分为天、人、修罗、畜生、地狱、饿鬼六道。如果我们相信这话，那么中国民族是否都从饿鬼道投胎而来，真是一个疑问。

刊《中学生》第一号，1930年1月

# 其实何曾突然

　　日本在满洲经营已久，陆续投资至十五亿余元之多，当然是不肯白费心力的。此次对华出兵，日本报纸上已喧传得很久很久，而上海各报登载这消息却在沈阳的日军开炮以后。大家都说"日本突然占领我满洲"，其实何曾突然。

　　现在已是资本帝国主义的时代了，日本所要的是满洲的膏血，不是满洲的躯壳。日本吸去满洲的膏血已不少，还想多吸，独吸，故有此横暴行动。结果也许因了与别国的利益冲突，引起世界大战吧。

　　满洲事件，一方面是中国的大事，一方面是世界的大事。中国对于此次大事，除了"逆来顺受"、"政治手腕"、"和平抵抗"等等的所谓口号以外，不知最后准备着什么？我虽是中国人，殊难悬揣，即使悬揣了也不会有什么把握。问题的如何解决，要看世界方面的情形怎样了。但须声明，我的所谓世界方面的情形者，不是什么"公理"之类的东西，乃是着着实实的露骨的资本主义的利害关系。

刊《文艺新闻》第二十九号，1931年9月28日

# 人所能忍受的温度

一到盛暑到处听到"热杀了热杀了"的呼号；一到严寒到处听到"冷杀了冷杀了"的呼号。热杀与冷杀的人每年都有。究竟热到了怎样程度会热杀，冷到怎样程度会冷杀呢？

在下等的动物或植物中，颇有能在很高的或很低的温度之中生活的。生物学者爱伦伯尔西氏曾在意大利耐泊利附近的伊西达岛的温泉，发见过蓝藻和硅藻和纤毛虫在摄氏八十一至八十五度的热泉中生活着的事实。据说蓝藻类植物即在摄氏八十七度的温度亦能生活。又德国的可蒿博士曾发见细菌的孢子，有至摄氏百度亦不死的。

生物体中的主要成分，其一即为蛋白质。蛋白质在摄氏六十度至八十度之间已要凝结。那些生物何以至八十度以上尚能生活呢？这是学者间所尚未解决的问题了。

对于寒冷，据记录：有一种鱼能在摄氏零下二十度生活，蛙能在零下二十八度生活，蜗牛中有一种竟能在零下一百二十度生活。有一个名叫兰姆的学者，曾在摄氏零下二百七十三度（物理学上绝对温度）的寒液中发见生活着的纽虫、轮虫，及其他的原生动物。

下等动物是冷血的，它们能因周围的温度而变化其体温，故比较地能忍受高温度与低温度。至于人，身体的构造极其复杂，殊难顺应过高过低的温度，因之其身体的温度常自相调节，使有一定，叫做体温。体温通常为三十七度左右，但因了身体的部分并不平均。散热容易的部分，比较低些，鼻端的温度为二十九度至三十三度，耳壳为二十二度至二十四度。反之，肝脏等为三十八度至三十九度。体温究由何来？为什么是三十七度呢？原来一个成人欲保持其一日的生命。就需要二千四百"卡洛里"的热量。人在二十四小时中在体内生产这许多热量，结果体温就常为三十七度左右。这温度大都由筋肉中及肝脏肾脏的新陈代谢的化学变化而起。运动时觉得体温增高者，就是因为运动时新陈代谢作用增进的缘故。至于肝脏等的生热，可以从血液来证明。血液流入肝脏，再由肝脏流出，由肝脏出来的血液比之未入肝脏前的温热。

体温因身体的部分而不同，又在一日之中亦有若干的变化。但在大体上，不论东洋人，西洋人，住在赤道附近的南洋人，以及住在零下几十度的寒地的爱斯克马人，体温都在三十六度至三十七度之间。除了特别的情形以外，可以说是一定的。

外界的温度虽然变化，而体温能自己调节至某一定的程度，这是恒温动物的特征。下等动物并没如此的装置。人的头脑间有一种"温度调节中枢"，这又分为温中枢与寒中枢二者，专司温度的高低，使常保持一定的度数。

外界温度过低的时候，一，分布在皮肤中的血管就收缩起来，使其中流注的血液量减少，发散于身体表面的热量也跟了减少。二，体内的营养分——特别是脂肪等旺盛地燃烧，发出多量的热来。又，身体接触寒气，因了战栗的结果，筋肉中发生一种自然运动，也会生热。人在冬季的喜食肉类与瑟瑟地作寒态，就为了此。

反之，外界温度过高的时候，一，皮肤的血管扩张，血液多量流注血管，把热旺盛地从身体表面发散。二，汗的分泌量增多，因其蒸发把热发散。

因有这样的调节，人体的温度得以保持平均。此外还有补助这调节的方法，如冬日着毛裘，加项围，夏日着薄衣，携扇子等都是。这样，人因了自然的与补助的方法调节其体温，使之一定。但这所谓一定究是有限度的，对于非常的高温度或低温度，情形自当别论。

在同一季节里，住在热带的人到温带地方来就觉得凉，住在寒带的人到温带地方来则觉得热。这并不是热带的人与寒带的人体温不同，他们的体温都在三十六度至三十七度之间。体温相同而对外界的温度感觉各异者，实因人对于温度的感觉本来是比较的缘故。我们试把左手浸在冷水里，右手浸在热水里，过了若干时候，再把两手齐浸入于温水之中，则左手觉得热而右手觉得冷了。人对于温度的感觉不同，可用此理由来说明。

又，同一温度，因了热的传导的难易，人的感觉也大有差异。例如，人对于同一的温度的空气与水，感觉就大不相同。空气在十八度时，对于人恰好，自二十五度至二十八度就觉温暖，二十八度以上则颇觉得热了。至于水，十八度时很觉得冷，自十八度至二十九度还觉得冷，三十四度至三十九度，对于人恰好，三十五度半以上才觉得温暖，三十七度半以上才觉得热。

空气一到华氏百度，大家就叫热，要想法避暑，其实华氏百度只相当于摄氏三十七度七，比体温相差不满一度。要是空气变了水，便毫没有什么。这样温度的浴水，我们浸在里面并不觉过热。又，同是空气，因了干燥与潮湿，感觉也大不同，潮湿的空气分外使人感到热。在热的时候，皮肤血管扩张，血液多量流动，汗汁的分泌旺盛，因了蒸发作用，体热得以发散而感到凉爽。可是空气潮湿时，外界水蒸气的含量较多，压迫皮肤血管，汗的分泌因而困难，于是就格外觉得热了。黄梅天气的比伏天难熬，就因为这理由。人对于冷热的感觉何等不正确啊！

人的体温有一定的调节，而对于温度的感觉又有种种差异。但这都是有限度的，外界的温度过高或过低时，调节就会失其效力，差异也无从说了。据可靠的研究，人的体温超过摄氏四十二度就要热死，降到十九度以下就要冷死。人所能忍受的体温，只在四十二度与十九度之间。外界温度过高时，体温来不及发散，只管上升，结果中枢神经麻痹，至于人事不省，昏晕倒毙。温度过低时，那本来会收缩的血管因酷寒而麻痹，反而扩大，血液分外多量向血管集注，结果引起脑贫血，昏迷僵死。

刊《中学生》第二十六号，1932 年 7 月

中国现代文学大师精品集丛书

## 新年的梦想

我常做关于中国的梦。我所做的都是恶梦,惊醒时总要遍身出冷汗。梦不止一次,故且把它拉杂写记如下,但愿这景象不至实现,永远是梦境。

我梦见中国遍地都开着美丽的罂粟花,随处可闻到芬芳的阿芙蓉气味。

我梦见中国捐税名目烦多,连撒屁都有捐。

我梦见中国四万万人都叉麻雀,最旺盛的时候,有麻雀一万万桌。

我梦见中国要人都生病。

我梦见中国人用的都是外国货,本国工厂烟筒里不放烟。

我梦见中国市场上流通的只是些印得很好看的纸。

我梦见中国日日有内战。

我梦见中国监狱里充满了死人。

我梦见中国到处都是匪。

刊《东方杂志》第三十卷十一号,1933年1月1日

中国现代文学大师精品集丛书

# 文学的力量

文学的有力量是事实。在几千年前，我们中国就知道拿文学来做移风易俗、改革社会的工具，这用现在的用语来说，就是所谓文艺政策。足见文学的力量，自古就已经大家承认的了。到了现在，因了印刷与交通的进步，识字者的增多，文学的力量愈益加增。我们可以说，文学的力量是非常之大的，只要看《黑奴吁天录》一书使黑奴得到解放，青年人读《少年维特的烦恼》有因而致自杀者，便可以明了。所以文学之有力量已是明白的事实，无须费词。今天所要讲的是以下三点：第一，文学的力量从何而来；第二，文学力量的特点；第三，文学对于读者发生力量需要什么条件。

一、文学的力量从何而来

我以为要讲文学的力量发生，应先讲文学的本身。文学的作品如诗歌小说之类，和"等因奉此"的公文，"天地元黄、宇宙洪荒"的千字文性质不同。文学的特性第一是"具象"。我们平常说话不一定是文学的，但如果用文学的方法来说，便成为文学的了。譬如我们说："日子过得很快。"这句话语不足称为文学。如果我们要使它文学化，第一就应当使其能够使人感觉到，即是使其具象化。于是我们便说："流光容易把人抛，红了樱桃，绿了芭蕉。"这样便成为文学的说法了。为什么？因为后边的一句是具象化的："抛"，"红"，"绿"，"樱桃"，"芭蕉"，都是可用感觉机关来捉摸的事象，比"日子过得很快"的说法有声有色得多。再好像我们听见人家说某某地方打仗，死了很多人。这句话当然使我们感动，但若我们果然亲身到了那个地方，眼睛看见累累的尸身，狰狞可怖，那我们所得的印象一定更深了。可见愈具象的事情愈能使人感动。文学的力量也是同样发生的。通常说，中国人胆子小，爱面子，爱虚荣，因为了这些劣根性，于是中国人到处吃亏。但是只讲我们中国人有这些不良的品性，我们听了感动甚少。经鲁迅氏在《阿Q正传》中，假了名叫阿Q的一个人，加以一番具体的描写，便深刻多了。

文学的力量是从"具象"来的，不具象就没有力量。

文学的特性，第二是情绪的。这情绪也是使文学有力的一个条件。大凡告诉人家一件事情使他去做，有好几种的方法，或是用知识，或是诉之于情感。知识能够使人知道"如此这般"，但是很不容易使人实行。如果用情感就不同了。我们用情感使人做一件事，若是能使对方动情，对方自然便去做了。所谓"情不自禁"者，就是指这现象的话。文学的作品并不告诉人家如何如何，只把客观的事实具象的写下来，使人自己对之发生一种情绪，取得其预期的效果。

以上是讲文学本身发生力量的缘由。次之，文学的力量还可以从文学作者发生。文学作者的敏感，也是使文学有力量的原因。所谓文学作者，便是那些感情和观察力比较常人来得敏捷的写作的人：普通人看不见的，他们能够看见；普通人感觉不到的，他们感觉得到；普通人想不到的，他们也想得到。因为文学作者对于社会、对于事物的观感，比常人特别强，所以社会有变动时，先觉者往往是文学作者。世间事件所含奥秘，一般人往往不能见到，经文学作者提醒以后，方才注意及之。譬如讲到妇女解放问题，最初发动的是文学作者易卜生，他的名剧《娜拉》便是妇女解放的先声。美洲的黑奴解放，普通人都归功于《黑奴吁天录》一书。因为人生很微细的地方，文学作者都能看得到，因而把他的敏感观察得到的东西发为创作，自然会使人佩服，对读者有力量了。

所以，文学的力量的来源，可以分做两部分，第一从文学本质而来的，由于具象，由于情绪；第二是从文学作者方面来的，便是由于作者的敏感。

二、文学力量的特点

文学的力量是感染的力量，不是教训。教训的力量是带有强迫性的，文学的力量是没有强迫性的，是自由的。近来常有一种作品，带着浓厚的

教训性，露骨地显露着某种的教训。这些作品往往缺乏具象与真实的情绪，与其说是文学作品，不如说是口号的改装。口号是一种号令，具有强烈的强迫性，真正的文学的力量，性质决非如此。文学并非全没教训，但是文学所含的教训乃系诉之于情感。文学对于世界，显然是负有使命的。文学之收教训的结果，所赖的不是强制力，而是感染力。良师对于子弟，益友对于知己，当施行教训的时候，常极力避用教训的方式，而用感化的方法，结果往往得到更大的功效。文学的力量亦正如此。

三、文学对读者发生力量的条件

文学的力量是不普遍的。文学需要着读者，某作家做了一本小说，如果国内读的人有了一万万，这一万万人也许都受了这本小说的感动，而还有三万万人没读这本小说的，是无法直接感动的。并且，一种文学作品并非对于任何读者都能发生效力。文学作品要对于读者发生效力，其主要条件是作者和读者之间的"共鸣"。作品对于读者有共鸣作用的便有力量，没有共鸣作用便无力量。这共鸣作用因空间时间而不同，因人的思想环境有别而各异。譬如讲失恋故事的作品，在我这个未曾尝过恋爱滋味的人读了，是不甚会发生共鸣的；西洋小说里面讲基督教的部分，在不懂基督教的人看来是不会发生兴趣的。一个作品里所表现的东西常有一般的与特殊的两种，大概描写一般的人性的东西，容易使多数人感动。对多数人发生有力量；至于叙写特殊的境遇的东西，如失恋的痛苦、孤儿的悲哀之类的东西，非孤儿和未曾尝过恋爱的滋味的人看了，感动要比较少。《红楼梦》是一部著名的小说，写林黛玉有许多动人的地方，但是这书在一百年前的闺秀眼中，和在现今的"摩登"小姐眼中，情形便不一样，她们的感受一定不大相同。某种作品有某种读者，《啼笑因缘》的读者和《阿Q正传》的读者，根本上是不同的人。

把上面的话归纳起来，就是：文学是有力量的。文学的力量由具象、情绪和作者的敏感而来；文学的力量，其性质是感染的，不是强迫的；文学作品对于读者发生力量，要以共鸣作用为条件。

刊《上海市教育局无线电广播演讲集》，1933年8月31日

中国现代文学大师精品集丛书

# 蟋蟀之话

夏丏尊精品集

"志士悲秋",秋在四季中确是寂寥的季节,即非志士,也容易起感怀的。我们的祖先在原始时代曾与寒冷饥饿相战斗,秋就是寒冷饥饿的预告。我们的悲秋,也许是这原始感情的遗传。入秋以后,自然界形貌的变化反应在我们心里,引起这原始的感情来。

天空的颜色,云的形状,太阳及月亮的光,空气的触觉,树叶的色泽,虫的鸣声,凡此等等都是构成秋的情绪的重要成分。其中尤以虫声为最有力的因子,古人说"以虫鸣秋",鸣虫实是秋季的报知者,秋情的挑拨者。

秋季的鸣虫可分为螽斯与蟋蟀二类,这里想只说蟋蟀。说起蟋蟀,往往令人联想到寂寥与感伤。"蟋蟀在堂","今我不乐",三百首中已有这样的话。姜白石咏蟋蟀《齐天乐》云:"庾郎先自吟愁赋,凄凄更闻私语。……哀音似诉。正思妇无眠,起寻机杼。曲曲屏山,夜凉独自甚情绪。……候馆迎秋,离宫吊月,别有伤心无数。……写入琴丝,一声声更苦。"凡是有关于蟋蟀的诗歌,差不多都是带着些悲感的。这理由是什么?如果有人说,这是由自然的背景与诗歌上的传统口吻养成的观念情绪,也许是的。实则秋季鸣虫的音乐,在本质上尚有可注意的地方。

蟋蟀的鸣声,本质上与鸟或蝉的鸣声大异其趣。鸟或蝉的鸣声是肉声,

而蟋蟀的鸣声是器乐。"丝不如竹，竹不如肉"，我国从来有这样的话，意思是说器乐不如肉声。其实就音乐上说，乐器比之我们人的声带，构造要复杂得多，声音的范围也广得多。声带的音色决不及乐器的富于变化，乐器所能表出的情绪远比声带复杂。箫笛的表哀怨，可以胜过人的悲吟；鼓和洋琴的表快悦，可以胜过人的欢呼。鸟的鸣声是和人的叫唱一样，同是由声带发出的，其鸣声虽较人的声音有变化，但既同出于肉质的声带，与人声究有共同之点。蝉虽是虫类，其鸣声由腹部之声带发出，也可以说是肉声。

蟋蟀等秋虫的鸣声比之鸟或蝉的鸣声，是技巧的，而且是器械的。它们的鸣声由翅的鼓动发生。把翅用显微镜检查时，可以看见特别的发音装置，前翅的里面有着很粗糙的锉状部，另一前翅之端又具有名叫"硬质部"的部分。两者磨擦就发声音。前翅间还有一处薄膜的部分，叫做"发音镜"，这是造成特殊的音色的机关。秋虫因了这些部分的本质和构造，与发音镜的形状，各奏出其独特的音乐。其音乐较诸鸟类与别的虫类，有着如许的本质的差异。

螽斯与蟋蟀的发音样式大同小异：螽斯左前翅在上，右前翅在下；蟋蟀反之，右前翅在上，左前翅在下。又，螽斯的锉状部在左翅，硬质部在右翅；而蟋蟀则两翅有着同样的构造。此外尚有不同的一点：螽斯之翅耸立作棱状，其发音装置的部分较狭；蟋蟀二翅平叠，因之其发音部分亦较为发达。在音色上，螽斯所发的音乐富于野趣，蟋蟀的音乐却是技巧的。

无论鸟类、螽斯或蟋蟀。能鸣只有雄，雌是不能鸣的。这全是性的现象，雄以鸣音诱雌。它们的鸣，和南欧人在恋人窗外所奏的夜曲同是哀切的恋歌。蟋蟀是有耳朵的，说也奇怪，蟋蟀的耳朵不在头部，倒在脚上。它们共有三对脚，在最前面的脚的胫节部具着附有薄膜的细而长的小孔，这就是它们的耳朵。它们用了这"脚耳"来听对手的情话。

蟋蟀的恋歌似乎很能发生效果。我们依了蟋蟀的鸣声，把石块或落叶拨去了看，常发见在那里的是雌雄一对。石块或落叶丛中是它们的生活的舞台，它们在这里恋爱，产卵，以至于死。

蟋蟀的生活状态在自然界中观察颇难，饲养于小瓦器中，可观察到种

种的事实。蟋蟀的恋爱生活和他动物及人类原无大异,可是有一极有兴趣的现象:它们是极端的女尊男卑的。雌对于雄的威势,比任何动物都厉害。试把雌雄二蟋蟀放入小瓦器中,彼此先用了触角探知对方的存在以后,雄的即开始鸣叫。这时的鸣声与在田野时的放声高吟不同,是如泣如诉的低音,与其说是在伺候雌的意旨,不如说是一种哀恳的表示。雄的追逐雌的。把尾部向雌的接近,雌的犹淡然不顾。于是雄的又反复其哀诉,雌的如不称意,犹是淡然。雄的哀诉,直至雌的自愿接受为止。交尾时,雌的悠然爬伏于雄的背上。雄的自下面把交尾器中所挟着的精球注入雌的产卵管中,交尾的行为瞬时完毕。饲养在容器中的蟋蟀,交尾可自数次至十余次,在自然界中想必也是这样。这和蜜蜂或蚕等只交尾一次而雄的就死灭的情形不同了。说虽如此,雄蟋蟀在交尾终了后,不久也就要遇到悲哀的运命。就容器中饲养的蟋蟀看,结果是雌的捧了大肚皮残留着,雄的所存在者只翅或脚的碎片而已。这现象已超过女尊男卑,入了极端的变态性欲的范围了。雄的可说是被虐待狂的典型,雌的可说是虐待狂的典型了吧。

原来在大自然看来,种的维持者是雌,雄的只是配角而已。有些动物的雄,虽逞着权力,但不过表面如此,论其究竟,负重大牺牲的仍是雄。极端的例可求之于蜘蛛或螳螂。从大自然的经济说,微温的人情——虫情原是不值一顾的,雄蟋蟀的悲哀的运命和在情场中疲于奔命而死的男子相似。

蟋蟀产卵,或在土中,或在树干与草叶上。先入泥土少许于玻璃容器,把将产卵的雌蟋蟀储养其中,就能明了观察到种种状况。雌蟋蟀在产卵时,先用产卵管在土中试插,及找得了适当的场所,就深深地插入,同时腹部大起振动。产卵管是由四片细长的薄片合成的,卵泻出极速,状如连珠,卵尽才把产卵管拔出。一个雌蟋蟀可产卵至三百以上。雌蟋蟀于产卵后亦即因饥寒而死灭,所留下的卵,至次年初夏孵化。

蟋蟀在昆虫学上属于"不完全变态"的一类,由卵孵化出来的若虫差不多和其父母同形,只不过翅与产卵管等附属物未完全而已。这情形和那蝶或蝇等须经过幼虫、蛆蛹、成虫的三度变态的完全两样。(像蝶或蝇等叫做"完全变态"的昆虫。)自若虫变为成虫,其间须经过数次的脱皮,不脱皮不能生长。脱皮的次数也许因种类而有不同,学者之间

有说七次的，有说八次或九次的。每次脱皮以前虽没有如蚕的休眠现象，可是一时却不吃东西，直至食道空空，身体微呈透明状态为止。脱皮时先从胸背起纵裂，连触角都脱去，剩下的是雪白的软虫，过了若干时，然后回复其本来特有的颜色。这样的脱皮经过相当次数，身体的各部逐渐完成。变为成虫以后，经过四五日即能鸣叫，其时期因温度地域种类个体而不同，大概在立秋前后。它们由此再像其先代的样子，歌唱，恋爱，产卵，度其一生。

蟋蟀能草食，也能肉食。普通饲养时饲以饭粒或菜片，但往往有自相残食的。把许多蟋蟀置入一容器中，不久就会因自相残食而大减其数。

雄蟋蟀富于斗争性，好事者常用以比赛或赌博。他们对于蟋蟀鉴别甚精，购求不惜重价，因了品种予以种种的名号。坊间至于有《蟋蟀谱》等类的书。我是此道的门外汉，无法写作这些斗士的列传。

刊《中学生》第三十八号，1933年10月

中国现代文学大师精品集丛书

# 灶君与财神

"呀！你不是灶君吗？"

"对了。好面善！你是哪一位尊神？"

"我是财神哪！你怎么不认识我了？"

"呀！难得在半天云里相会。你一向是手执元宝的，现在怎么背起枪来了？那手里拿着的一大卷又是什么？"

"因为武财神近日忙于军事，所以由我暂时兼代。你知道我们工作上虽分文武，职务都是掌司钱财，原是一而二，二而一的。于是我就成了'有枪阶级'了。手执元宝那是一直从前的事，近来我老是手执钞票和公债证券。你从下界来，难道还不知道废两改元实行已久，市上早无元宝，银行钞票的准备金大多数就是公债证券吗？"

"哦！原来如此。因为我终日终年在人家厨房里过活，不大明白财界的情形。如果你不说明，我几乎不认识你了。"

"你的样子也与前大不相同了哩！怎么这样瘦了？你日日在厨房里受人供养，难道还会营养不良吗？"

"我一向就不像你的大腹便便，近来真倒霉，自己也知道更瘦得可怜了。连年天灾人祸，农村破产已到极度。人民有了早饭没有夜饭，结果都向都市跑，去过那亭子间及搁楼的日子。这真叫'倒灶'！灶是简直没有了，眠床便桶旁摆一个洋油炉或者煤球炉，就算是烹调的场所。有的连洋油炉煤球炉都

不备，日日咬大饼油条过活。你想，这情形多难堪！回想从前乡村隆盛时的景象，真令人不胜今昔之感。我的瘦是应该的。可是也幸而瘦，如果胖得像你一样，怎么能局促地蹲在洋油炉煤球炉旁去行使职务啊！"

"你的境遇说来很足同情。也曾把下界的苦况向天堂去告诉过了吗？"

"怎么不告诉！每年的今日，我都有一次定期的总报告。你看，我现在正背着一大包册子，这里面全是下界的实况。可是，天堂的情形近来也似乎有些异样了，什么都作不来主。我虽然每年忠实地把民间疾苦人心善恶报告上去，天堂总是马马虎虎。推三阻四地打官话。有时说：'这是洋鬼子在作怪，须行文去和耶稣交涉。'有时说：'交财神核办。'耶稣那里的回音如何，不知道。交你核办的案子结果怎么样？今天恰好碰着你，就乘便请问。"

"也曾有案子移下来过。因为我实在无法办，至今还是搁着不动。记得有一次交下一个'善人是富'的指令，还附着一大批善人的名单，——据说是以你的报告为根据的，——要我负责使他们富起来。这实在令我束手，这种老口号和现在的实际情形根本已不相符合，天堂自身都穷，有什么钱可送给这许多善人？这许多善人们自己又不会谋官做，不会干公债投机买航空奖券，叫我有什么方法帮助他们呢？"

"去年今日，我还上过一个提高谷价的提案。天堂没有发给你吗？"

"记得似乎有过这么一回事，详细记不清楚了。这也不关我事。我从前管领的是元宝，现在管领的是钞票和公债证券。目前是金融资本跋扈的时代，田地不值钱，货物不值钱，下界最享福的就是那些金融资本家。金融资本是流动的，今天在甲的手里，明天就可流入乙的手里。这笔流水账已把我忙煞了，像谷物价目一类的事怎么还能兼顾呢？况且这事难得讨好，谷价贱了固然大家叫苦，从前米卖二十块钱一石的那几年，不是大家也曾叫过苦吗？"

"近来农村里差不多份份人家都快倒灶了。你没有救济的方法吗？提高谷价的路既然走不通，那么借外债来恢复农村，如何？"

"我何尝不这么想！也曾和地狱里商量过，可是不行。"

"为什么要和地狱商量呢？地狱里拿得出钱吗？"

"耶稣曾说过，'富人入天国，比骆驼穿针孔还难。'富人照例是不能进天堂的，都住在地狱里，所以地狱成了天下最富的地方。我曾和地狱当局者作过好几次谈判，终于因为他们的条件太苛刻了，事情没有成功。当此

盛唱'打倒不平等条约'的当儿，谁愿接受那种屈辱的条件啊！"

"复兴农村的口号近来不是唱得很响吗？你有机会也得常到农村里去看看实际的状况，看有什么具体的救济策没有？"

"近来，我在都市里执行职务的时候多，不大到农村里去。农村衰疲的消息虽曾听到，终于没有工夫去考察。其实，倒灶的何尝只是农村，都市里也大大不景气哩！你知道，我是管领钱财的，农村愈破坏，钱财愈集中到都市来，我在都市的事也就更多。公债涨停板或跌停板了，我要到。航空奖券开奖了，我要到。哪里还顾得到农村里去？你是每年板定今天上来的，我下去的日子，每年向来是正月初五，可是近来时常要作不定期的奔波。这次的下去，就因为有许多临时的事务的缘故。"

"正月初五仍须再下去吧？"

"也许事务多，一直要在下界住到那时候。如果事务完毕了就上来，初五下去不下去，只好再看。现在什么都是双包案似地弄不清楚，连正月初五也有两个了，多麻烦。下界人们真该死，他们还在一相情愿，把肉咧，鱼咧，蚶子咧，橄榄咧，唤作元宝，要想用了这些假元宝来骗我手里的真元宝呢。——其实我的手里早已没有元宝了，哈哈。"

"他们的待你，比待我不知要好几倍。我愈弄愈倒灶，你是现代的红角儿。这世界是你的。多威风啊！"

"哪里的话，我目前已苦于无法应付，并且前途大可悲观哩。下界嫌我处置得不均，正盛唱着什么'社会主义'。听说这种主义，世间已有一处地方在实行了。如果这种主义一旦在我们的下界实现起来，我的地位就将根本摇动，你是管领民食的，前途倒比我安全得多。无论在什么世界，饭总是非吃不可的罗！"

"未来的事，何必过虑！咿哟！我到天堂还有一半路程，误了不好。再会吧。"

"我也有事呢！今日下午公债跌得停板了，明日又是航空奖券开奖之期啊。再会。"

刊《文学》第二卷第一号，1934年1月

# 春的欢悦与感伤

四季之中，向推"春秋多佳日"，而春尤为人所礼赞。自古就有许多颂扬春的话，春未到先要迎盼，春一去不免依恋。春继冬而至，使人从严寒转入温暖，且为万物萌动的季节。在原始时代，人类的活动与食物都从春开始获得，男女配偶也都在春完成。就自然状态说，春确是值得欢迎的。

可是自然与人事并不一定调和，自古文辞中于"惜春""迎春"等类题材以外，还有"伤春""春怨"等类的题目。"闺中少妇不知愁，春日凝妆上翠楼。忽见陌头杨柳色，悔教夫婿觅封侯。"这是唐人王昌龄的诗；"三分春色二分愁，更一分风雨。"这是宋人叶清臣的词：都是写春的感伤的。其感伤的原因，全在人事之不如意。社会愈复杂，人事上的不如意越多，结果对于季节的欢悦的事情减少，感伤的事情加多。这情形正像贫家小孩盼新年快到，而做父母的因债务关系想到过年就害怕。

我每年也曾无意识地以传统的情怀，从冬天盼望春光早些来到。可是真从春天得到春的欢悦的，有生以来，除未经世故的儿时外，可以说并没有几次。譬如说吧，此刻正是三月十三日的夜半，真是所谓春宵了，我却不曾感到春宵的欢喜。一家之中轮番地患着春季特有的流行性感冒，我在灯下执笔写字，差不多每隔一二分钟要听到妻女们的呻吟和干咳一次。邻家收音机和麻雀牌的喧扰声阵阵地刺入我的耳朵，尤使我头痛。至于日来

受到的事务上经济上的烦闷,且不去说它。

都市中没有"燕子"。也没有"垂杨"。局促在都市中的人,是难得见到春日的景物的。前几天吃到油菜心和马兰头的时候,我不禁起了怀乡之念,想起故乡的春日的光景来。我所想的只是故乡的自然界,园中菜花已发黄金色了吧,燕子已回来了吧,窗前的老梅已结子如豆了吧,杜鹃已红遍了屋后的山上了吧……只想着这些,怕去想到人事。因为乡村的凋敝我是知道的,故乡人们的困苦情形我知道得更详细。

宋人张演《社日村居》诗云:"鹅湖山下稻粱肥,豚栅鸡栖对掩扉,桑柘影斜春社散,家家扶得醉人归。"这首诗中所写的只是乡村春景的一角,原没有什么大了不得,可是和现在的乡间情形比较起来,已好像是羲皇以前的事了。

春到人间,据日历上所记已好久了,但是春在哪里呢?有人说"在杨柳梢头",又有人说"在油菜花间",也许是的吧,至于我们一般人的身上,是不大有人能找得到的。

刊《中学生》第四十四号,1934年4月

# 一个追忆

这是四五年前的事。

钱塘江心忽然长起了一条长长的土埂，有三四里路阔，把江面划分为二。杭州与西兴之间，往来的人要摆两次渡，先渡到土埂，更走三四里路，或坐三四里路的黄包车，到土埂尽头，再上渡船到彼岸去。这情形继续了大半年，据说是百年来从未有过的奇观。

不会忘记：那是废历九月十八的一天，我从白马湖到上海来，因为杭州方面有点事情，就不走宁波，打杭州转。在曹娥到西兴的长途中，有许多人谈起钱塘江中的土埂，什么"世界两样了，西湖搬进了城里，钱塘江有了两条了"咧，"据说长毛以前，江里也起过块，不过没有这样长久，怪不得现在世界又不太平"咧。我已有许久不渡钱塘江了，只是有趣味地听着。

到西兴江边已下午四时光景，果然望见江心有土埂突出在那里，还有许多行人和黄包车在跑动。下渡船后，忽然记得今天是九月十八，依照从前八月十八看潮的经验，下午四五时之间是有潮的。"如果不凑巧，在土埂上行走着的当儿碰见潮来，将怎样呢？"不觉暗自担心起来。旅客之中也有几个人提起潮的，大家相约："看情形再说，如果潮要来了，就不上土埂，停在渡船里，待潮过了再走。"

渡船到土埝时，几十个黄包车夫来兜生意，说"潮快来了，快坐车子去！"大部分的旅客都跳上了岸，方才相约慢走的几位也一个个地管自乘车去了。渡船中除我以外，只剩了二三个人。四五部黄包车向我们总攻击，他们打着萧山话，有的说"拉到渡船头尚来得及"，有的说"这几天即使有潮也是小小的。我们日日在这里，难道不晓得？"我和留着的几位结果也都身不由主地上了黄包车。

坐在黄包车上担心着遇见潮，恨不得快到前方的渡头。哪里知道拉到一半路程的时候，前方的渡船已把跳板抽起要开行了。江心的设渡是临时的，只有渡船没有趸船。前方已没有船可乘，四边有人喊"潮要到了！"没有坐人的黄包车都在远远地向浅滩逃奔，土埝上只剩了我们三四部有人的车子，结果只有向后转，回到方才来的原渡船去。幸而那只渡船载着从杭州到西兴去的旅客，还未开行。

四周寂无人声，隆隆的潮声已听到了。车夫一面飞奔，一面喊"救命！"我们也喊"救命！""放下跳板来！"

逃上跳板的时候，潮头已望得见。船上的旅客们把跳板再放下一块，拼得阔阔地，协力将黄包车也拉了上来。潮头就到船下了，潮意外地大，船一高一低地颠簸得很凶，可是我在这瞬间却忘了波涛的险恶，深深地感到生命的欢喜和人间的同情。

潮过以后，船开到西兴去。我们这几个人好像学校落第生似地再从西兴重新渡到杭州。天已快晚，隐约中望得见隔江的灯火。潮水把土埝涨没，钱塘江已化零为整，船可直驶杭州渡头，不必再在江心坐黄包车了。船行到江心土埝的时候，我们患难之交中有一位走到船头，把篙子插到水里去看有多少深，谁知一篙子还不到底。

"险啊！如果浸在潮里，我们现在不知怎样了！"他放好篙子说，把舌头伸出得长长地。

"想不得了，还是不去想他好。"一个患难之交说。

我觉得他们的话都有道理。

刊《中学生》第四十七号，1934 年 9 月

# 一种默契

走到街上去，差不多每一条马路上可以见到"关店在即拍卖底货"的商店。这些商店之中，有的果然不久就关门了，有的老是不关门，隔几个月去看，玻璃窗上还是贴着"关店在即拍卖底货"的红纸，无线电收音机在嘈杂地响。

商店号召顾客的策略，向来是用"开幕""几周年纪念""春季""秋季"或"冬至"等的美名来做廉价的借口的，现在居然用"关店"的恶名来做幌子了。有的竟异想天开，并不关店，也假冒着"关店"的恶名。最近在报上看见一家皮货铺的"关店大贱卖"的大幅广告，后面还登着某律师代表该皮货铺清算的启事。这大概因为恐怕别人不信他们的关店是真正的关店，所以再附一个律师代表清算的广告，表明他们真是要关店了，并不假冒。

在上海，关店门寻常叫做"打烊"，如果你对某商店的人问："你们晚上几点钟关店门？"那店里的人就会怪你不识相，说不定会给你吃一记耳光。凡是老上海，都懂得这规矩，不说"你们晚上几点钟关店门"，改说"你们晚上几点钟打烊"，因为"关店"是不吉利的话。这一向讨人厌恶的"关店"，现在居然时髦起来了，关店的坦白地自己声明"关店"，不关店的也要借了"关店"来号召，甚至还有怕别人不肯相信，在"关店"广告上叫律师来代表清算，证明关店之实。商业上一向怕提的"关店"一语，到今日差不多已和废历除夕所贴的"关门大吉"一样，是吉祥的用语了。这一个月来，我们日日可以在报上看到关店的广告，有银行，有钱庄，有公司，有各式各样的店。他们所说的话千篇一律地是"本店受市面不景气的影响，以致周转不灵……"的一套。说的人态度很坦然，毫不难为情，我们看的人也认为很寻常，觉得并无什么不该。似乎彼此之间，已自然而然地发生了一种的默契了。

这默契如果伸说起来，范围实在可以扩充得很广。大学生毕业了没事做，社会上认为当然，本人也不觉得有什么可怪。工人商人突然失业了，亲友爱莫能助，本人也觉得无可如何，只好挨了饿来忍耐。房租好几个月付不出，住户及邻居都认为常事，房东虽不快，近来也只能迁就，到了公堂上，法官因市面不好，也竟无法作严厉的判断。穷困，走投无路，已成为现在的实况，彼此因了境况相似和事实明显，成就了一种默契。从来的道德、习惯等等，在这默契之下，恐将不能再维持它的本来面目了。

再过几时，也许"穷""苦"等可憎的话，会转成时髦漂亮的称谓呢。

刊《太白》第一卷第一期，1934 年 9 月

# 幽默的叫卖声

住在都市里，从早到晚，从晚到早，不知要听到多少种类多少次数的叫卖声。深巷的卖花声是曾经入过诗的，当然富于诗趣，可惜我们现在实际上已不大听到。寒夜的"茶叶蛋""细沙粽子""莲心粥"等等，声音发沙，十之七八似乎是"老枪"的喉咙，困在床上听去颇有些凄清。每种叫卖声，差不多都有着特殊的情调。

我在这许多叫卖者中，发见了两种幽默家。

一种是卖臭豆腐干的。每日下午五六点钟，弄堂口常有臭豆腐干担歇着或是走着叫卖，担子的一头是油锅，油锅里现炸着臭豆腐干，气味臭得难闻。卖的人大叫"臭豆腐干！""臭豆腐干！"态度自若。

我以为这很有意思。"说真方，卖假药"，"挂羊头，卖狗肉"，是世间一般的毛病，以香相号召的东西，实际往往是臭的。卖臭豆腐干的居然不欺骗大众，自叫"臭豆腐干"，把"臭"作为口号标语，实际的货色真是臭的。言行一致，名副其实，如此不欺骗别人的事情，怕世间再也找不出了吧！我想。

"臭豆腐干！"这呼声在欺诈横行的现世，俨然是一种愤世嫉俗的激越的讽刺！

还有一种是五云日升楼卖报者的叫卖声。那里的卖报的和别处不同，

没有十多岁的孩子,都是些三四十岁的老枪瘪三,身子瘦得像腊鸭,深深的乱头发,青屑屑的烟脸,看去活像个鬼。早晨是不看见他们的,他们卖的总是夜报。傍晚坐电车打那儿经过,就会听到一片发沙的卖报声。

他们所卖的似乎都是两个铜板的东西,如《新夜报》《时报号外》之类。叫卖的方法很特别,他们不叫"刚刚出版××报",却把价目和重要新闻标题联在一起,叫起来的时候,老是用"两个铜板"打头,下面接着"要看到"三个字,再下去是当日的重要的国家大事的题目,再下去是一个"哪"字。"两个铜板要看到十九路军反抗中央哪!"在福建事变起来的时候,他们就这样叫。"两个铜板要看到日本副领事在南京失踪哪!"藏本事件开始的时候,他们就这样叫。

在他们的叫声里任何国家大事都只要花两个铜板就可以看到,似乎任何国家大事都只值两个铜板的样子。我每次听到,总深深地感到冷酷的滑稽情味。

"臭豆腐干!""两个铜板要看到××××哪!"这两种叫卖者颇有幽默家的风格。前者似乎富于热情,像个矫世的君子,后者似乎鄙夷一切,像个玩世的隐士。

刊《太白》第二卷第一期,1935年3月